그림을 그리는 시간

기억에 관한 짧은 이야기

그림을 그리는 시간

이 윤 에세이

파이어스톤

지금 생각하면 그리 먼 곳은 아니다.

좀처럼 눈이 내리지 않는 곳에서 자랐다.
물도 얼지 않고, 한두 달만 견디면
바다로부터 훈풍이 불었다.

시간과 기억들이,
슬픔과 기쁨들이,
엮이고 이어지고 덧대어져
색색의 조각보가 되었다.

가끔은 엇나간 무늬도 있고,
풀린 실밥도 있으며,
기어이 잡아뗀 조각의 흔적도 보인다.

하지만 한 알의 모래알 같은 인생일지라도
누구에겐들, 한 번쯤 눈부신 날이 없었을까.

반짝반짝 빛나는 저 물결처럼.

2023년 10월
이 윤

1부 그곳의 풍경

2부 정오의 아버지

3부 나는 요즘

1부

그곳의 풍경

인생의 어두운 터널 끝에 항상 빛나는 바다가 기다리고 있다면야 무엇인들 두려울까. 하지만 언제부턴가 산다는 건 오히려 지긋지긋한 멀미에 시달리면서도 목적지를 향해 그저 가야 하는 것이란 생각이 들었다.

마래터널

1.

    사람의 인생 가운데 멈출 수 없는 한 시기가 있다. 그냥 막 달리는 시기. 어떤 브레이크도 듣지 않는, 마치 고장난 것만 같은 한때. 그 시간을 지나는 일이 쉽지 않았지만 어찌어찌 지금 여기에 와 있다. 무엇이 나를 멈추게 했는지는 모르겠다. 생각해 보면 그런 한때는 누구의 말도, 애정도, 질책도 다 소용없는 시간들이었다. 인생이 못 견디게 버겁고 죽도록 내가 미워지는, 출구 없는 어두운 터널 속을 헤매는 듯한 기분만 있을 뿐.

얼마 전 뉴스에서 S가 세상을 떠났다는 소식을 들었다. 갖은 구설과 모욕에 시달리면서도 제법 씩씩해 보였던 젊은 여성이었다. 당차게 자신을 드러내던 그녀가 결국 무너진 것이다. 터널 속 어둠 같은 생의 한 구간을 건너지 못한 채 결국 무너져 버린 젊은 S를 생각했다. 그의 시간에 세상 무엇도 도움이 되지 못했구나 생각하니 마음이 아렸다.

2.

고향에 가면 마래터널이 있다. 어릴 적 여름이면 터질 듯한 만원버스를 타고 해수욕장에 가곤 했다. 검은 모래로 유명한 그 해수욕장을 가려면 마래터널을 지나야 했다. 그때는 모두 그곳을 그냥 '굴'이라고 불렀다. 이름도 몰랐고 터널이라 부르지도 않았다. 하루에 몇 차례 다니지도 않는 버스는 해수욕장을 가려는 사람들로 꽉 찼다. 버스 안내양이 사람들을 밀어 넣다 못해 문도 제대로 닫지 못한 채 버스는 달렸다.

그 '굴'을 마래터널이라 부른다는 걸 얼마 전에야 알았다.

고향에 대한 여행지 소개 글에 "마래터널은 양쪽 입구에 신호등이 설치되어 있어 그 신호에 따라 터널 밖에서 기다렸다가 한 방향씩 들어가 통과해야 하는 독특한 터널이며, 일본의 만행으로 만들어진 가슴 아픈 역사를 지닌 터널"로 소개되어 있었다. 정작 그곳에서 어린 시절을 보낸 나는 남들을 통해 그곳의 역사를 알게 된 것이다.

부모님 산소 때문에 가끔 고향에 가긴 하지만 이제는 사방으로 뚫린 편한 도로로만 다닌다. 마래터널 쪽은 바다에 인접한 구도로이다 보니 시간상 굳이 그쪽으로 갈 일이 없어졌다.

3.

부모님은 우리를 데리고 해수욕장에 갈 만큼 인생이 편안치 못했다. 그래서 어느 여름, 언니와 나는 사촌과 함께 해수욕장에 갔다. 생각해 보면 그때 아이들의 삶은 그랬다. 부모가 시키는 일을 나름 한몫씩 해내기도 하고, 부모 없이도 씩씩하게 하고 싶은 것을 했다. 물론 나는 겁이 많아 언니와 사촌들에게 자주 의지했는데, 어쨌든 그중 내가 가장 막내였으니 형제들은 나에게 꽤 너그러웠다. 같이 간 사촌도, 언니도 고작 한두 살 많았지만 어릴 때의 한두 살은 동생의 인생을 품고도 남을 만큼의 나이 차였다.

엄마는 우리를 데려가지 못하는 대신 넉넉하게 돈을 쥐여 주었고 우리 셋은 만원버스에 겨우 몸을 싣고 해수욕장에 도착했다. 해수욕장은 사람들로 꽉 차 있었는데 깔고 앉을 돗자리 하나 없이 간 우리는 사람들과 좀 떨어진 곳에서 쭈뼛거렸다. 햇볕은 내리쬐고 모래에 반사된 열로 이마는 후끈거리는데 갖고 온 돈이며 엄마가 싸 준 참외 따위를 둘 데가 없는 것이다.

"이렇게 하자."

나이가 가장 많은 언니가 꾀를 냈다. 돈을 가지고 물에 들어가면 젖어서 쓸 수가 없으니 사람들 모르게 모래 속에 돈을 묻어 놓자는 것이다. 그리고 참외랑 먹을 거를 그 위에 얹어 표시를 해 놓으면 된다고 했다. 언니보다 한 살 어린 사촌이 반색을 했다. 그리고 평소에도 죽이 잘 맞는 둘은 신중하게 모래 속에 돈을 파묻었다.

"가자."

언니 말이 떨어지자 우리는 바다로 뛰어들어가 신나게 해수욕을 했다. 그렇게 정신없이 놀다가 참외가 있는 곳으로 돌아왔다. 그리고 얼마 후 우리 셋은 모래를 파기 시작했는데 귀신이 곡할 노릇으로 돈은 온 데 간 데가 없었다. 참외를 중심으로 사방을 팠는데도 돈은 사라지고 없었다. 누가 알고 파간 것인지, 지나는 사람의 발길에 참외가 딴 곳으로 굴러가 버린 것인지 알 도리가 없었다.

4.

"그냥 가자."

언니가 몸에 묻은 모래를 털고 일어났다.

"집에는 어찌 간대?"

"걸어가야지 뭐."

언니가 사촌과 투덕거리며 앞서 걷는데 나는 모래를 조금만 더 파면 묻어둔 돈을 찾을 것만 같은 아쉬움에 자꾸 뒤를 돌아보았다.

버스를 타고 올 때는 몰랐는데 집으로 돌아가는 길은 너무 멀었다. 노느라 지친 데다 돈까지 잃어버려 풀이 죽은 우리는 좁고 울퉁불퉁한 비포장도로를 힘없이 걸었다. 땀은 흐르고 목이 탔다. 여름 해는 도무지 떨어질 줄을 모른 채 뒤통수에 따갑게 내리꽂힌다. 타버린 팔과 다리는 벌겋게 달아올라 화끈거렸다. 저 멀리 굴의 시커먼 입구가 보였다. 나는 더럭 겁이 나기 시작했다.

"금방 가. 굴 되게 짧아. 아까 올 때 금방 지났잖아."

언니가 묻지도 않은 말을 했지만 나는 굴이 짧았는지 길었는지 기억나지 않았다. 그냥 어두운 굴속으로 들어가야 한다는 사실이 두려웠다. 하지만 집으로 가려면 그 길밖에 없다는 것도 알고 있었다. 우리는 한 발 한 발 굴을 향해 걸었다.

어둡고 서늘한 '굴'의 바닥 군데군데에는 벽을 타고 흘러내린 물이 고여 있었다. 가끔씩 헤드라이트를 켜고 달려오는 차를 피해 벽에 붙어 서 있을 때면 다리가 후들거렸다. 차바퀴가 일으킨 부연 먼지가 어두운 굴속을 떠돌았다. 언니 손을 꼭 잡고 따라가는데 아무리 걸어도 끝이 보이지 않는다. 발은 자꾸만 고인 물을 밟아 질퍽거리는데 나는 영원히 끝나지 않을 것만 같은 어두운 굴속에서 그만 참지 못하고 울음을 터트리고 말았다.

5.

알고 보니 마래터널은 두 곳이다. 한 곳은 어린 내가 울면서 걸었던 곳이고 또 한 곳은 기차가 지나는 터널이다. 기차가 지나는 터널은 더 아래쪽 바다 가까이에 있었다. 하지만 지금껏 그 두 곳의 거리나 위치에 대해 생각해 본 적이 없다. 나에게 두 개의 터널은 제각각의 기억과 느낌으로 남아 있었기 때문이다.

철로가 놓인 마래터널에 대한 기억은 열아홉 살쯤부터다. 대학에 합격해 서울로 떠나던 날 나는 전라선의 마지막 종착역인 여수역에서 기차를 탔다. 아마 엄마가 기차에서 먹으라고 달걀을 삶아 주지는 않았을까? 하지만 그런 기억은 나지 않는다. 다만 유일한 탈출구라 생각했던 대학에 합

격했고 나는 드디어 이 도시를 떠난다는 사실에 흥분했다.

언니의 배웅을 받으며 모든 것을 뒤로하고 고향을 떠났다. 그런데 막상 기차가 덜컹거리며 달리기 시작하자 흥분은 금방 불안과 뒤섞였다. 혼자 서울을 간다. 혼자서 낯설고 거대한 도시로 간다. 한 번도 가보지 못한, 말로만 들었던 '서울'이라는 곳에서 나는 혼자일 것이다. 그러는 사이 기차는 컴컴한 굴속으로 순식간에 빨려들어 갔다. 기차 안 형광 불빛은 지나치게 밝아지고 창밖 어둠 속은 덜그럭거리는 바퀴 소리만 가득하다. 문득 창에 비친 내 얼굴을 보았다. 너무나 촌스럽고 너무나 어리숙하다. 나, 어쩌지? 두려움이 몰려왔다. 이젠 누구의 뒤에도 숨을 수 없다. 누구도 내게 등을 내주지 않을 테니까. 불운에 마음을 더 가깝게 두는 나쁜 버릇 때문에 마음이 떨리고 왈칵 눈물이 쏟아질 것만 같았다. 순간 기차가 터널을 벗어났다. 바다였다. 아침 햇살이 다투어 튀어 오르는, 끝없이 반짝이며 빛나는 바다가 열아홉의 내 눈앞에 펼쳐졌다.

6.

그렇듯 인생의 어두운 터널 끝에 항상 빛나는 바다가 기다리고 있다면야 무엇인들 두려울까. 하지만 언제부턴가 산다는 건 오히려 지긋지긋한 멀미에 시달리면서도 목적지를 향해 그저 가야 하는 것이란 생각이 들었다. 그러다 운 좋게 반짝이는 바다를 만날 수도 있겠지만, 그런 행운이 없다 해도 그 또한 어쩔 수 없다는 생각도 이제는 하게 됐다. 그런 나이가 된 것이다.

빛나는 삶을 사는 사람처럼 보였던 S는 사실 어두운 터널 속을 헤매고 있었을 터이다. 아무도 등을 내주지 않는 인생 앞에 울고 있었을 것이다. 그런 S에게 누군가 "좀 더 힘을 내라."는 말 대신 그래도 한번 가 보라고 말해 주었더라면 어땠을까. 그랬다면 혹, 어두운 터널 속 생의 한 구간을 힘겹게나마 버티며 걷고 있을지도 모르겠다. 비록 그 끝에 빛나는 바다가 없다고 할지라도.

가지꽃

덥고 습한 한여름의 목요일이었다. 낯선 동네에서 공원을 발견했다. 일 때문에 매주 이 동네에 오고 있지만 바쁘게 왔다가 바쁘게 돌아가느라 주변을 살펴볼 여유가 없었다. 나 말고도 몇 사람이 함께 일을 하는데 서로 인사만 나누는 정도였다. 어차피 몇 주짜리 일이니 끝나고 나면 그만이었다. 함께 일할 때는 속까지 터놓을 정도로 친한 것 같지만 돌아서면 이름조차도 잊어버리는 그런 관계일 뿐이다. 몇 번의 경험이 사람을 그렇게 만들었다. 하지만 그런 속에서도 가끔 정말 좋아지는 사람을 만날 때가 있다.

그날은 내가 먼저 미선 씨에게 커피 한 잔을 마시자고 했다. 일은 끝나 가고 있고 그러면 미선 씨와도 다시 보기는 힘들 것 같았다. 미선 씨는 나랑 동갑인데 웃을 때마다 눈이 반달이 되는, 인상 좋은 아줌마다. 미선 씨는 반달 눈웃음을 지으며 좋아했고 그렇게 공원을 가게 되었다.

소나무와 활엽수로 둘러싸인 언덕은 도로 쪽에서 봤을 땐 공원이라 생각하기 어려웠다. 미선 씨를 따라 나무 사이로 난 좁은 길을 올랐다. 별 기대 없이 언덕을 오른 나는 언덕 아래로 넓게 펼쳐진 풍경에 탄성을 질렀다. 잘 가꿔진 정원수들과 색색의 꽃무리가 사방으로 펼쳐져 있고, 조금 더 비탈진 아래로는 생명의 기운을 가득 품은 텃밭들이 보였다. 잠깐 언덕을 올랐을 뿐인데 생각지도 못한 풍경을 만난 것이다. 마치 소나무와 활엽수의 커튼을 열어젖히고 비밀의 화원에 발을 들인 느낌이었다. 우리는 텃밭으로 달려갔다. 터질 듯 부풀어 오르는 생명들이 마치 자기장처럼 우리를 끌어들였다.

미선 씨가 아이처럼 소리를 질렀다. 가서 보니 손가락만 한 작은 오이가 대롱대롱 매달려 있다. 미선 씨가 오이를 들여다보며 말했다. "너무 귀여워요." 옅은 초록과 오돌토돌한 작은 가시를 가진 어린 오이다. 작지만 완벽하다. 그래서 더 경이롭고 사랑스럽다. 무엇이 됐든 작고 어린 것들은 그렇게 사랑스럽다.

흙이 좋아서인지, 정성껏 잘 길러서인지 작물들은 아주 실하다. 빼곡히 매달린 방울토마토와 사방으로 뻗어 가는 호박 덩굴이 생명의 기운을 내뿜었다. 미선 씨 말에 의하면 구청에서 구민들에게 분양한 텃밭이라고 했다. 그래선지 텃밭은 구획이 잘 정리되어 있고 각각의 번호가 매겨져 있다. 그리고 텃밭 사이 군데군데에 여러 개의 물조리개가 사이좋게 매달려 있다.

미선 씨와 나는 천천히 텃밭 사이를 걸었다. 햇빛도 없는 고온의 여름날이 며칠째 계속이다. 축축한 대기에 더해 젖은 땅에서 뜨거운 열기가 아지랑이처럼 피어올랐다.

이마에 땀이 흐르기 시작했다. 정자에 앉아 있던 사람들이 누군가를 부른다. 정자에는 바람이 시원하게 불어 오니 이곳으로 오라고 서로 손짓한다. 미선 씨와 함께 돌아서 가려다 꽃을 피운 가지 나무를 발견했다. 엄마가 좋아하던 가지, 내가 좋아하는 가지꽃이다.

연보랏빛 가지꽃은 늘 마음 한켠을 건드린다. 몇 해 전 텃밭을 할 때 가지꽃을 처음 보았다. 열매를 얻으려면 꽃이 피는 게 당연한데도 한 번도 꽃에 대해 생각해 본 적이 없었다. 그들이 내놓은 열매만 보았지 그들의 생(生)에 대해선 생각하지 못한 것이다. 가지꽃을 처음 봤을 때 모양이며 색감이 너무 예뻐서 놀랐고, 엄마 생각이 나서 마음이 짠했다. 나는 멈춰 서서 가지꽃을 한참 보았다.

물컹한 식감이 싫어 먹지 않던 가지를 중년이 돼서야 먹기 시작했다. 찜기에 살짝 쪄낸 가지를 손으로 찢으면 손끝에 물드는 연한 보라색. 하지만 물에 몇 번 씻고 나면 깨끗하게 사라진다. 길게 찢은 가지에 간간하게 소금 간을 하고 참기름과 깨를 뿌린다. 곱게 다진 파도 함께 버무리면 맛도, 색깔도 잘 어울린다. 엄마 제사에는 꼭 가지나물을 올린다.

이제는 엄마에 대한 기억도 흐릿하지만 몇 가지는 잘 잊히지 않는다. 가령 가지나물을 좋아하던 엄마, 수국을 좋아하던 엄마, 물에 동동 띄운 노란 참외와 엄마. 어린 딸에게 뒤늦게 한글을 배우고서 밤늦게까지 띄엄띄엄 소리 내어 책을 읽던 엄마. 그 소리를 자장가 삼아 들으며 잠들던 나. 내가 기억하는 가지를 좋아하던 엄마도, 가지를 싫어하던 어린 나도 이젠 다 과거가 되었다. 손끝에 예쁘게 물들었다 사라지는 흐릿한 기억이다. 그래서 지금은 괜찮다.

미선 씨가 나를 부른다. 나는 돌아서서 미선 씨와 함께 정자 쪽으로 향했다. 언제 다시 만날지 모를 미선 씨와 시원한 아이스커피라도 마시자고 한 건 잘한 일이었다.

게사니와 사라진 것들

집에서 잠깐만 걸어나가면 실개천이 있다. 도봉산에서 내려와 중랑천으로 흘러가는 작은 지류다. 물의 깊이가 얕고 맑아 바닥의 모래며 자갈이 다 들여다보인다. 어린 치어들이 떼 지어 헤엄치고 청둥오리들은 아예 눌러앉아 새끼를 낳아 기른다. 한동안은 백로 떼들이 날아와 개천을 하얗게 물들이다가 가고, 가끔 왜가리가 놀러 와 먹이활동을 하다가 사라지기도 한다.

그래도 그곳은 이미 오리의 마을이다. 개천 한가운데 놓아둔 작은 돌들은 오리들의 쉼터가 된 지 오래다. 한 마리씩 돌을 차지하고 몸단장을 하거나 고개를 외로 꼬고 잠을 자기도 한다. 더구나 앙증맞은 새끼오리들이 주변을 헤엄쳐 다니는 걸 보면 더욱 그렇게 느껴진다.

얼마 전 제법 큰 오리가 뒤뚱거리며 걷는 것을 보았다. 걸을 때마다 꽁지깃이 삐죽거리고 통통한 엉덩이가 양옆으로 흔들린다. 잊고 있었던 김점선의 게사니가 떠올랐다.

게사니는 거위다. 김점선의 그림 소재 중 하나다. 김점선의 말에 의하면, 북한 지방에서는 거위를 게사니라 부르고 개성에 사는 사람들이 많이 키웠다고 한다. 개보다 집을 잘 지켜 낯선 사람들이 오면 시끄럽게 꽥꽥대다가 그래도 나가지 않으면 옷자락을 물고 절대 놓지 않았다고 한다. 그렇게 주인이 올 때까지 침입자를 물고 있었다고 한다. 개성에서 태어나 전쟁 전까지 개성에 살았던 어린 김점선은 마당의 꽃이며 나무를 마구 뜯어 먹어 버리던 게사니를 붙잡아 엉덩이를 때려 주곤 했다고 한다.

그녀의 수필집을 읽고서 막연히 거위에 대한 동경이 생겼다. 만약 나도 언젠가 마당이 있는 집에 살게 된다면 거위를 키워 보리라 마음먹었다. 새하얗고 긴 목, 노란색의 넓적

한 부리, 꽥꽥거리며 마당을 뛰어다닐 커다란 거위를 상상하면 즐거웠다. 문간에 수문장처럼 버티고 서서 낯선 이의 옷자락을 물고 있는 거위라면 얼마나 듬직할까.

게사니와 김점선을 생각하다 보니 잊고 있던 1990년대가 떠올랐다. 새로운 세기인 2000년대를 앞둬서였을까? 한동안은 종말론으로 세상이 떠들썩했고 또 한동안은 IMF로 인해 모두가 어렵고 힘들었다. 내 삶도 그 속에서 녹록지는 않았지만 어쨌든 아이들은 무럭무럭 자라났고 대한민국도, 지구도 아직은 망하지 않았다.

그 당시 나는 인기 있는 화가이자 작가이던 김점선의 수필집을 읽게 됐다. 지인이 소개해 준 책이었는데 읽고 나서 김점선을 부러워했던 기억이 있다. 그녀의 자유로운 사고와 당당한 태도, 그리고 자기 일에 최선을 다하는 열정까지, 내가 갖지 못한 삶의 태도가 참 부러웠다.

그런데 얼마 뒤 우연한 인연으로 그녀의 말 그림 두 점을 얻게 되었다. 액자를 해서 걸어야겠다고 마음먹었는데 금방 실천하지 못했다. 그래서 아주 잘 보관해 두었다.

이후 잊고 있다가 김점선이 병으로 세상을 떠났다는 기

사를 보고 나서 불현듯 생각이 나 찾아보았다. 하지만 아무리 뒤져도 그녀의 말 그림은 나오지 않았다. 몇 년 뒤엔 책장 어딘가 분명 꽂혀 있던 그녀의 책마저도 사라져 버렸다.

생각이 거기까지 미치자 나는 서둘러 집으로 돌아와서 책장을 다시 한번 훑었다. 1990년대 이후 몇 번의 이사를 거쳤으니 살림을 정리하던 과정이 기억날 법도 한데 전혀, 아무런 기억이 없다. 하지만 찾아보면 어딘가 꼭 있을 것만 같았다. 책상에 던져둔 돋보기를 끼고 꼼꼼하게 다시 한번 책장을 살폈지만 흩날리는 분홍 꽃잎 사이로 바쁘게 달리는, 게사니가 그려진 그녀의 책은 흔적조차 없다. 아무리 생각해도 이상했다. 버린 적도 없고 빌려준 적도 없는 많은 것들이 사라져 버렸다.

나는 책 찾기를 포기했다. 인생에서 사라지고, 없어지고, 떠나가고, 잃어버린 것들이 어디 그것들뿐이랴. 지나간 것은 그냥 흘러가도록 두지 뭐. 그렇게 마음을 먹으니 그다지 속이 쓰라리지는 않았다.

나의 애착 이불

점점 심해지던 여름 더위가 조금 수그러드는 듯하더니 처서가 지나고 한결 나아졌다. 이제 밤이면 바깥 베란다 문을 닫고 여름 내내 열어 두었던 안방 문도 닫는다. 자려고 누웠는데 밤에 우는 풀벌레 소리가 조그맣게 들려온다. 나무도 풀도 별로 없는 아파트 어딘가에도 가을을 기다리는 이름 모를 풀벌레는 살고 있었던 것이다.

계절이 바뀌면 옷이나 이불을 정리한다. 여름내 깔고 자던 인견 요가 선뜻 찬 기운을 느끼게 했다. 몸도 좀 포근한 두께의 이불을 덮길 원한다. 나는 여름 이불을 한두 가지씩 빨기 시작했다. 그리고 가을에 깔고 덮기 적당한 이불을 꺼낸다. 이 시기에 이불장 속은 한 번 뒤집어진다. 아래쪽에 두 었던 두꺼운 이불이 밖으로 나오고 이제 막 빨아 말린 여름 이불이 그 자리를 대신한다.

나는 엄마가 준 이불 세 가지를 아직 가지고 있다. 하얀 색 바탕에 분홍과 연보라로 꽃 수를 놓은 얇고 까슬까슬한 여름 이불 하나와 삼베 몇 장을 덧대 만든 삼베 이불, 그리 고 마루의 찬 기운을 피할 정도의 얄팍한 솜을 깔아 촘촘 히 박음질한, 지금으로 말하자면 거실 카펫 같은 요 하나다. 그중 내가 가장 좋아하는 이불은 삼베 이불이다. 아니 삼베 이불이었다.

결혼 때 엄마가 해준 목화솜 이불은 가벼운 화학 솜이나 한때 유행하던 오리털 이불에 밀려 꽤 오랫동안 이불장 구 석에 박혀 있었다. 그러다가 십여 년 전부터 다시 가족들 겨 울 이불로 재탄생했다.

몸이 건조하고 추위를 많이 타는 나는 무게감도 없고 바 스락거리는 이불 때문에 겨울밤을 편하게 자지 못했다. 이불 을 두 개씩 겹쳐 덮어도 몸에 한기가 들었다. 더구나 어둠 속 에서 불꽃처럼 타닥거리며 일어나는 화학섬유의 정전기는 정말 싫었다. 이런 저런 다른 이불로 바꿔 봤지만 영 마음에 차지 않았다. 고민 끝에 이불장 맨 밑에 깔려 있던 목화솜 이불을 다시 꺼냈다. 프린트가 아닌 색색의 꽃 자수가 새겨진 색동 요와 빨강, 노랑, 연두, 청록…… 밝고 예쁜 색이란 색은 다 쓴 것만 같은 이불. 결혼이란 마땅히 그렇게 예쁘고 아름다워야 한다는 염원이 담긴 것만 같았다. 이불 홑청을 뜯고 꿰매야 하는 일이 번거로워 목화솜을 다시 얇게 틀어 쓰기 편하게 만들기로 했다. 이제는 각자의 이불을 덮고 자는 나와 남편, 그리고 아이들 이불까지 네 채를 만들고도 솜이 남았다.

하지만 남은 세 가지 이불은 방법이 없다. 그냥 나의 시간에 맞춰 서서히 낡아 가는 중이다. 삼베 이불은 내가 결혼하고도 몇 년이 지났을 때 엄마가 직접 재봉질을 해서 만들어 온 이불이었다. 누런색에 빳빳하게 풀을 먹인 삼베를 젊은 내가 좋아할 리 없었다. "여름에 덮어 봐라. 진짜 시원타." 엄마는 여름이면 삼베나 모시로 옷을 해 입었는데, 나는 엄마 나이가 많으니까 취향이 그렇겠거니 생각했다. "너무 빳빳해서 이걸 어떻게 덮어?" 아마 이렇게 대답하고 말았겠지 싶다. 그리고 그 삼베 이불은 정말 오랫동안 이불장 속 어딘가에 콕 박혀 있었다.

엄마가 돌아가시고도 한참을 잊고 있었다. 그러다 언젠가 무척 더운 여름밤에 잠들지 못하고 뒤척이다 문득 삼베 이불을 꺼냈는지는 모르겠다. 어쨌든 그날 이후 삼베 이불은 나의 애착 이불이 되었다.

나는 여름 내내 삼베 이불을 요 위에 깔고 잤다. 까슬한 촉감이 등을 어루만졌다. 이불에 풀을 먹이는 걸 해 본 적도 없고 하기도 귀찮아 그냥 빨아서 깔고 잤다. 그래도 시원했다. 왜 진작 이걸 깔고 자지 않았나 생각했다. 한 해가 가고 두 해가 가고 삼베는 조금씩 헐고 있었다. 한쪽 귀퉁이 바느질이 해지기 시작했다. 하지만 나는 여전히 여름이면 삼베를 깔고 뒹굴었다. 그리고 가끔 그 위에 누워 돌아가신 엄마 생각을 했다.

엄마는 재혼을 했다. 딱히 결혼식을 올리지 않았으니 재혼이라 하기도 뭐하지만 그렇다고 돌아가시기 전까지 그분과 함께 살았으니 아니라 하기도 뭐하다. 나는 그분을 아버지라 불러 본 적이 없다. 군이 이유를 대자면 그런 고민을 하기엔 내가 이미 어른이 된 후에 엄마가 그분과 살기 시작했기 때문이다. 그리고 사실은 누구도 호칭 따위에 신경 쓰지 않았다. 아니, 엄마가 가장 그랬다. 어정쩡한 호칭으로 그분을 불러도 엄마는 찰떡같이 알아들었다. 엄마는 우리에게 늘 미안해했다. 엄마가 그런 말을 한 적은 없지만 살면서 내내 그렇게 느껴졌다. 그때는 그냥 그러려니 했다. 그리고 어느 정도는 당연하다고 생각했던 것도 같다. 하지만 지금 생각해 보면, 엄마가 그러지 않아도 됐는데, 정말 그러지 않아도 됐는데, 말해 주고 싶은데, 다 너무 늦어 버렸다.

나의 애착 이불인 삼베 이불은 드디어 수명이 다 되어 도저히 깔고 잘 수 없게 되었다. 서서히 균열이 생기더니 삼베 조직이 헐거워지면서 너덜너덜해졌다. 급한 마음에 손바느질로 꿰매서 한두 해 더 썼다. 하지만 그것도 더 이상 먹히지 않았다. 까슬하게 등을 어루만지던 감촉은 부들부들해졌고 네모였던 이불의 모양새도 흐트러졌다. 하지만 나는 그 이불을 버리지 못했다. 이불로 쓰지 못하면 베갯잇이라도 만들어 볼 요량이었다. 그런데 정말 요량뿐이었다.

이번에 이불장을 정리하면서 삼베 이불을 꺼냈다. 아주 조심스럽게 다뤘다. 남편이 보더니 이제는 좀 버려도 되지 않을까, 하는데 내가 펄쩍 뛰었다. "안돼! 베갯잇이라도 만들 거야." 나는 또 요량뿐인 말을 했다. 하지만 나도 알고 있다. 베갯잇을 하기에도 이제는 너무 낡아 버렸다는 사실을. 그렇다고 버릴 수는 없다. 그러기엔 나의 애착이 아직도 많이 남아 있기 때문에.

엘비스, 도넛, 그리고 구두장이

망토가 달린 꽉 끼는 옷을 입고 다리를 흔들며 춤을 추는 뚱뚱한 남자는 엘비스 프레슬리다. 그는 미국의 유명한 가수였는데 도넛을 너무 많이 먹은 탓에 병이 나서 죽었다. 심지어 그는 죽기 직전까지도 도넛을 먹고 있었다.

엘비스 프레슬리에 대한 기억은 그렇게 시작됐다.

어디서부터 잘못됐는지는 모르겠지만 굳이 따져 보지는 않았다. 1977년에 엘비스가 죽었으니 그때 나는 초등학생이었다. 지금처럼 무엇이든 손쉽게 정보를 얻을 수 있는 시대가 아니었다. 정보는 제한적이었고 그나마도 어른들 소유였다. 그저 어디서 주워들은 이야기로 인해 어린 나에게 엘비스는 우스꽝스러우면서도 기괴한 죽음을 맞이한 남자가 되었다. 물론 그건 그의 노래를 듣기 전까지의, 아이였던 나에게였다. 중학생쯤 되어 팝송이라는 것을 듣기 시작하면서 엘비스에 대한 첫 번째 기억은 의미가 없어졌다. 사람이 뭔가를 먹다가 죽는 일이 그리 쉽게 일어나지 않는다는 것을 아는 나이가 된 것도 하나의 이유였다. 그리고 무엇보다 엘비스 프레슬리의 노래들을 정말 좋아하게 되었다.

우리 집은 남산동 로터리와 면해 있는 길갓집이었다. 일본식 유리문 여덟 짝이 대문 역할을 했다. 집의 모퉁이 절반 정도가 시멘트를 바른 벽이었는데 그 앞에 좌판을 펼치고 장사를 하는 사람들이 있었다. 택시가 돌아나가는 큰길이었으니 사람이 제법 오갔다. 어떤 시기에는 풀빵 장수 아주머니가 있기도 했고, 어떤 땐 구두장이 아저씨가 있기도 했다. 구두장이 아저씨는 구두를 닦거나 수선을 했는데 한편에 자리를 깔고 외국 배우나 가수들 사진도 늘어놓고 팔았다. 지금으로 치면 연예인 굿즈 같은 거였다. 기타를 메고 있는 앳된 얼굴의 엘비스와, 비스듬한 자세로 서서 뚫어질 듯 바라보는 제임스 딘의 흑백사진을 본 것도 아저씨의 좌판에서였다. 집 앞의 자리를 내준 엄마를 누님이라 부르던 구두장이 아저씨는 사진 몇 장을 내게 선물로 주었다. 거기엔 왕방울처럼 큰 눈에 여리여리한 몸매의 오드리 헵번 사진도 있었다. 그중 내가 가장 좋아한 사진은 제임스 딘이었다. 엘비스의 노래를 좋아하긴 했지만 제임스 딘의 깊은 눈매는 엘비스의 노래를 단숨에 젖혀 버렸다. 사춘기였다.

얼마 전 영화 〈엘비스〉가 개봉된다는 소식에 꼭 보러 가리라 마음먹었다. 음향 시설이 좋은 개봉관에서 그의 노래를 듣고 싶었다. 어떤 식으로 그의 일생이 그려질지 궁금했다. 그리고 어쩌면 엘비스와 도넛을 동시에 떠올리는 나의 오래된 의문이 해소될지도 모른다는 장난스러운 생각도 함께였다.

구두장이 아저씨는 대머리였다. 엄마를 누님이라 불렀으니 오십대 초반쯤이거나 사십대 후반이었을지도 모르겠다. 가끔 저녁때면 부인이 와서 뒷정리를 함께 하기도 했다. 길가의 아저씨 작업장엔 연탄 화덕도 있었다. 수선용 구두를 화덕 위에서 녹이던 모습을 본 기억이 있는 걸 보면 아마 화덕도 일하는 데 필요한 도구 중 하나였지 싶다. 그런데 어느 날 술에 취한 아저씨가 비틀거리다 그만 화덕 위에 주저앉았다는 얘기를 엄마한테 전해 들었다. 아저씨는 오랫동안 일을 나오지 않았다. 그리고 언제부턴가 내 기억에서 사라졌다.

영화 〈엘비스〉에 도넛은 나오지 않았다. 그리고 기대만큼 엘비스의 노래를 들을 수도 없었다. 실망을 안은 채 집으로 돌아왔다. 엘비스의 삶이 궁금했는데 그만 미국적 요소로 잔뜩 버무려진 영화만 구경하고 온 느낌이었다. 왜 급속도로 개봉관이 줄었는지 알 것 같았다.

영화를 본 후 한참이 지난 어느 날 엘비스에 대해 찾아보았다. 그의 사진과 일생이 잘 정리되어 있었다. 흑백사진과 컬러사진, 앳된 엘비스가 노래하는 영상과 나이 들어 비대해진 엘비스의 영상들이 있다. 어느 시절이건 엘비스는 여전히 노래하고 있었다. 당시 미국의 어른들은 엘비스를 음란한 춤을 추는 녀석이라 했고, 젊은이들은 엘비스에 열광했다. 엘비스는 다리를 흔들며 보수적인 미국 사회를 흔들었다. 그리고 지구 한편에서는 '도넛'이라는 것을 먹다가 죽었다는 엘비스라는 사람을 조금은 한심하게 여기던 어린애도 있었다. 물론 지금은 그 어린애 역시도 놀라울 만큼 빠른 속도로 변해 가는 세상을 따라잡으려 애쓰며 힘들게 나이 들어가고 있긴 하지만.

검색을 하는 중에 "도넛은 그가 평생 사랑한 음식이었다."라는 대목을 발견했다. "따끈한 글레이즈 도넛 한 상자를 받는 대가로 라디오 징글을 녹음해 광고까지 만들었다."라고 쓰여 있다. 유레카! 나는 웃음을 터트렸다. 물론 과장이 조금 섞이긴 했지만 도넛과 엘비스라는 1+1 묶음의 기억이 순 엉터리만은 아니었다.

지금 중년이 된 나의 건강 상식을 적용한 문법으로 다시 써보자면 "엘비스는 도넛을 심각하게 좋아했는데, 달고 기름진 도넛이 그의 혈관 건강에 좋지 않은 영향을 끼쳤으며, 결국 비만을 야기해 당뇨나 뭐 고혈압 등을 유발하여……"쯤이 되지 않을까 싶다.

저만치 덮어 두었던 먼지 쓴 상자를 열어 본 느낌이었다. 그 상자 안에 있는 것들은 있어도 그만, 없어도 그만인 물건들이다. 군이 찾지 않아도 아쉬울 것 없는 기억들이다. 하지만 막상 상자의 뚜껑을 열어 그 속을 들여다보니 슬쩍 웃음도 난다. 기억 속을 부유하는 작은 기억 한 조각, 그 기억을 꺼내는 건 미처 생각지 못한 감정을 꺼내는 일이기도 하다. 너나없이 가난했던 시절. 아시아의 작은 나라, 그 나라에서도 남도 끝자락에 사는 아이의 기억 속에 있던 엘비스와 도넛과 구두장이.

엘비스의 사인은 밝혀졌고 나는 영화를 보기 전에도 이미 그가 죽음에 이른 이유를 알고 있었다. 그럼에도 '엘비스와 도넛'은 장난스럽게도 내 머릿속에서 떠나지 않았다. 왜 그랬을까 곰곰 생각해 보니 그것은 어린 시절 서툴게 매어둔 리본 같은 것일지도 모르겠다는 생각이 들었다. 풀지 않고 그저 나풀거리게 두고 싶은 작은 리본 말이다.

그 나풀거림 속에서 문득 구두장이 아저씨 안부가 궁금해지기도 한다. 어린 내 눈에도 아저씨는 너무 착해 보였다. 그래서 가끔은 어리숙해 보이기도 했다. 구두를 닦고 수선하면서 외국 배우들의 사진을 함께 팔던 가난한 아저씨도 이제는 엘비스처럼, 이 세상에 안 계실 것이다.

자매가 나누던 이야기
— 그리고, 다행이다

나에겐 언니가 있다. 두 살 터울인데 학년으로는 3학년 차이다. 이상하게 나는 항상 언니와 나의 나이 차보다는 학년 차를 먼저 생각했다. 내가 중학교에 입학할 때 언니는 고등학교에 입학했고 내가 고등학교에 갈 때 언니는 사회인이 되었다. 그건 새롭게 시작해야 하는 낯선 세상으로 언니가 먼저 발을 내민다는 뜻이고, 나는 조금 어리숙한 아이로 남아 있어도 언니 때문에 안전할 거라 생각한 탓인지도 모르겠다.

언니는 중학 입학을 앞둔 나에게 영어와 수학을 가르쳐 주었고, 여고에 입학할 때쯤엔 학교에서 조심해야 할 손버

룻 나쁜 남자 선생이 누군지도 알려 주었다. 무엇보다 항상 나를 데리고 다녔다. 친구들을 만날 때도, 친구 집에 놀러 갈 때도 나를 데리고 갔다.

그 당시에는 학교에서 영화를 지정해서 보러 갈 수 있도록 하곤 했는데, 나는 중학생인 언니를 따라가 〈벤허〉를 봤다. 그 후에는 〈십계〉를 봤고, 〈바람과 함께 사라지다〉를, 그리고 고등학생이 되었을 땐 007시리즈를 영화관에서 함께 봤다. 밤마다 라디오를 들으며 트윈폴리오의 노래를 따라 불렀고, 엘비스 프레슬리도 알게 됐다. 나의 청소년기는 언니와 함께였다.

각자 결혼 후 언니가 가끔 우리 집에 오곤 했다. 그런 날엔 밤늦게까지 엄마 아버지 얘기를 했다. 두 살 터울인데도 언니의 기억이 훨씬 많았다. 특히 일찍 돌아가신 아버지와 언니의 추억은 듣기만 해도 샘이 날 정도로 생생했다. 나는 내 기억에는 없는 부모님 얘기를 듣고 싶어 언니를 졸랐다. 그중 아버지와 밤바다 낚시를 했다는 얘기는 들을 때마다 부러웠다.

나는 바닷가 소도시에서 자랐다. 결혼 후 이십 년 넘게 아이가 없었던 부모님은 사십 중반이 되어서야 첫아이를 낳았고 두 해 뒤에 둘째인 나를 낳았다. 그렇게 우리는 딱 둘이었다.

도시의(그때는 도시라 부를 수 없는 지역이었다.) 대부분 남자들은 배를 타거나 바닷일을 했는데, 일본에서 자전거 기술을 배워 왔다는 사실 하나만으로 엄마는 아버지에게 시집을 갔다고 했다. 그런데 막상 아버지는 사촌을 따라 배를 타고 바다에 나갔다가 무슨 일인지 바다에 매료되어 결국 배를 몰게 된다.

고기를 잡는 일은 도박과도 같았다. 무슨 일이 닥칠지 모르는 바다에서는 만선이거나 혹은 그물까지 찢어지는 풍랑을 만나 텅 빈 곳간으로 돌아오거나였는데, 아버지는 주로 후자였던 것으로 기억한다. 나중에는 갖고 있던 배를 팔아 빚을 청산해야 할 정도가 되었을 때 엄마가 생활 전선으로 나섰다.

아버지는 그 후 오랫동안 괴로워하다가 돌아가셨다. 부모와 자식 간에 길지 않은 인연이었다. 그래서 아버지 이야기는 언제든 궁금했고 나보다 기억이 많은 언니에게 자주 물었던 것이다.

우리는 가끔 아침 해가 밝아 올 때까지 얘기를 나눴다. 바싹 야위었지만 눈빛만은 살아 있던 아버지를 함께 떠올렸다. 별로 다정하지는 않았어도 각자의 기억 속에 뭉클한 이야기 하나쯤은 남겨 준 아버지를 생각했다. 물론 당신 인생에 맞서지 못하고 서서히 무너져 간 아버지 때문에 엄마와 우리 인생도 힘들었다는 원망도 했다. 아버지가 그때 조금 더 힘을 냈더라면, 그래서 그렇게 인생을 버리지 않았다면 우리도 좀 달라졌을까.

지금 나는 아버지 인생의 후반부와 비슷한 나이가 되었다. 예민하고 감정적이며 까탈스러운 아버지의 기질을 고스란히 물려받아 나 역시 편한 인생을 살지는 못했지만, 그 기질로 인해 글을 쓰게 됐는지도 모르겠다.

다행히 나는 아버지가 인생을 저당 잡힐 정도로 매료당한 바다와 뚝 떨어진 내륙에 살고 있으며, 자신을 항상 긍정적인 사람이라고 말하는 남자를 만났다. 그리고 나처럼 예민하고 감정적이고 까탈스럽긴 하지만, 한편으론 남편처럼 긍정적이기도 한 두 아이를 키워내느라 감히 인생을 저버릴 생각은 하지 못했다. 아무리 생각해 봐도 참 다행이다.

그곳의 풍경

#1

일 년에 한 번 정도 고향에 있는 부모님 산소를 찾는다.

명절이 지난 다음 적당한 때를 정해 내려가는데, 올해는 2월 말쯤 갔다.

꽃샘추위도 없는 포근한 겨울날이었다.

잘하면 이르게 핀 동백꽃을 볼 수도 있겠다 싶었다.

#2

　고향은 차로 다섯 시간이 넘게 걸리던 거리였는데 엑스 포를 치른 후 가는 시간이 꽤 줄었다. 직선으로 새로운 도로들이 뚫리면서 전보다 다니기가 수월해진 것이다.

　가는 시간은 줄었지만 부모님이 안 계신 고향을 자주 찾기는 쉽지 않다. 한 해 두 해 멀리하다 보니 일 년에 한 번, 어떤 때는 이 년에 한 번 가게 될 때도 있다. 이미 고향에서의 이십 년보다 고향을 떠나 산 시간이 갑절은 많다. 어린 날의 추억에만 기대 달려가기엔 세월이 너무 많이 흘렀다.

그곳에 가면
마래터널이
있다.

#3

　오후쯤, 예약한 숙소에 도착해 짐을 풀었다. 커튼을 열자 유리문 밖으로 바다가 펼쳐진다. 굽이진 만처럼 육지로 깊게 들어온 바다 위로 작은 섬들이 점점이 박혀 있다. 시야가 툭 트인 동해와는 사뭇 다른 풍경이다. 육지에서 그리 멀지 않은 곳에 양식장임을 표시하는 스티로폼들이 둥둥 떠 있고 선창에 매어 둔 작은 고기잡이배들이 파도에 흔들거린다. 낯설지만 또 한편으로는 낯설지 않은 풍경이다.

　숙소는 내가 살던 시내에서는 좀 떨어져 있다. 예전에는 다른 지역이었던 곳을 한 도시로 묶은 탓에 나에게는 숙소가 있는 이 동네가 낯선 것이다. 고등학생 때 반 친구들 중에 먼 곳에서 버스를 타고 오는 아이들이 몇 있었다. 버스 시간 때문에 자율학습도 하지 못하고 일찍 가던 그 친구들이 여기쯤 살았던 것 같다. 하지만 지금은 한 도시다. 그리고 풍광 좋은 곳으로 알려져 관광객들이 많이 찾아온다. 옛사람만이 두 지역이었던 걸 기억할 뿐 지금 세대에게는 한 도시의 풍광일 것이다.

#4

　근처 맛집을 검색해 저녁을 먹으러 나갔다. 차는 두고 해변도로를 걷기로 했다.

　저녁 어둠이 바다 위로 내려앉았다. 해변도로의 조명이 켜지고 굽이진 만 끝에 몰려 있는 카페와 식당의 불빛들이 번쩍거린다. 그 조명에 바다가 색색깔로 일렁거렸다.

#5

식당은 주택가 골목에 있었다. 오가는 사람도 없이 희미한 가로등 몇 개만이 골목을 비추고 있다. 아무리 봐도 맛집으로 떠오를 만한 곳의 분위기는 아닌데 잘못 찾아왔나 싶기도 했다. 더구나 밝은 조명에 익숙한 도시생활자에게 어두운 골목은 선뜻 들어서기도 쉽지 않았다. 망설이고 있는데 한 무리의 사람들이 나를 지나쳐 식당으로 들어간다. 나도 빠르게 걸어 그 일행의 뒤를 따랐다.

들어가니 식당 안은 시끌벅적했다. 한눈에 봐도 여행자로 보이는 사람들이 테이블을 가득 채우고 있었다. 어른과 아이들이 함께 와서 북적거리는 테이블, 두런두런 얘기를 나누는 중년의 부부들, 구석에 앉아 조용히 술을 마시는 젊은 남녀.

여행지 특유의 낯설고 흥분된 분위기가 식당 안에 가득했다. 나는 그제야 마음이 좀 놓였다. 그리고 낯설어서 오히려 자유로운 공기 속으로 금방 빠져들었다.

#6

밤새 뒤척이다 겨우 잠이 들었나 싶었는데 금방 깼다. 시간을 보니 새벽이다. 혹시나 하고 커튼을 조금 열어보았다. 그런데 가느다란 붉은빛이 섬의 굴곡을 따라 띠처럼 펼쳐져 있는 것이 보인다. 일출이 시작된 것이다. 나는 놀라운 마음에 커튼을 열어젖히고 해를 향해 앉았다. 뒤에서 비추는 강렬한 붉은빛 때문일까, 섬의 실루엣이 유난히 검다. 검붉은 빛이 반원을 그리며 서서히 상공으로 오른다. 그리고 그 가운데 반원형 모양의 빛 덩어리가 떠올랐다. 그 빛을 따라 하늘에 푸른빛이 감돌기 시작한다. 여명이다.

하얗고 둥근 물체가 조금씩 드러난다. 그리고 그것은 순식간에 떠오른다. 빛은 너무나 강력해 사방의 색깔을 빨아들이고 바다 위로 길게 빛의 그림자를 드리운다. 바다의 물결은 빛의 긴 그림자로 다투어 반짝인다. 빛이 어둠을 완전히 걷어낼 때까지 나는 꼼짝없이 앉아 있었다. 새벽 해의 붉고 노란 그림자로 물결치던 바다는 이제 완전히 떠오른 해의 눈부신 반짝거림으로 아침을 알렸다.

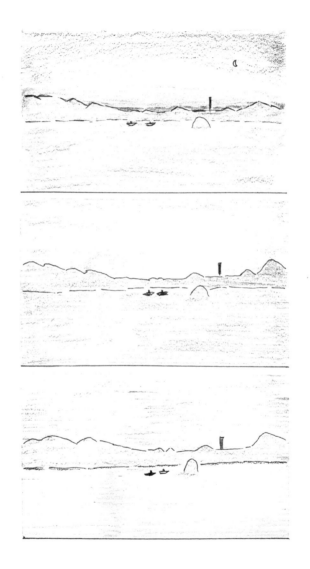

7

서둘러 1층으로 내려갔다. 식사 시간이 마감되기 전에 식당에 들렀다. 밥을 먹고 커피 한 잔을 마셨다. 나는 예전에 살던 집터에 가보기로 마음먹었다. 가서 천천히 동네를 걸어보고 싶었다. 이미 집은 사라졌고 큰 길이 뚫리고 새 건물이 들어서 전혀 다른 곳이 되어 버렸지만 여전히 그건 고향에 가서 해보고 싶은 일 중 하나였다. 생각하면 별것도 아닌 걸 지금까지 하지 못했다.

짐을 챙겨 숙소를 나왔다. 차에 올라 내비게이션을 켰다. 사방으로 길이 나서 어느 쪽으로 가야 빠를지 알 수 없으니 길 안내가 필요하다. 차는 어제 걸었던 해변도로 쪽으로 달리다가 도심 쪽으로 들어갔다. 방학 때면 늘 고속버스를 타고 내렸던 터미널을 지나고 나니 그제야 익숙한 길들이 나온다.

#8

우리 집은 길모퉁이에 있었다. 하천과 바다가 맞닿는 하구 쪽이라 바다와도 가까웠다. 하천을 건너는 다리가 있고 다리 너머에는 밤새 조업해서 잡은 생선을 파는 어시장이 있었다. 지금 그 어시장은 이 도시의 명물 시장이 되어 여행 온 외지인들이 꼭 들러야 하는 곳이 되었다. 그 근처에 내가 살던 집이 있었다.

집은 오래전에 헐렸다. 언제인지는 모른다. 엄마도 돌아가신 후, 아주 오랜 시간이 지나 차를 타고 그곳을 지난 적이 있는데 집은 흔적조차 없었다. 그나마 그 자리를 짐작할 수 있었던 건 다리 때문이었다. 집 앞에 다리가 있었고 나는 그 다리를 십수 년 오가며 시내에 있는 학교에 다녔다.

차를 어시장 주차장에 세워 두고 천천히 동네를 걸었다. 집이 있던 자리는 아주 작은 공원이 되어 있었다. 등받이 없는 긴 나무의자가 두 개, 운동기구가 두어 개, 덜 자란 나무 몇 그루. 길모퉁이의 작은 휴식 공간이었다.

#9

공원 앞 건널목을 건너 양조장이 있던 골목으로 가 보았다. 지날 때마다 시큼한 냄새가 풍겨 나오던 어둑한 양조장 자리에는 식당이 들어서 있다. 양조장 맞은편에는 동네에서 유일한 양옥집이 한 채 있었는데 그 자리에 이층 양옥이 그대로 있다. 그런데 높은 담 너머로 나뭇가지가 우거져 있던 내 기억 속의 멋진 양옥집이라 하기에는 담이 낮고 집도 작아 보인다. 정말 그때의 그 집인지 확신할 수가 없다.

그리고 좁은 골목 끝에 동네 사람들이 줄을 서서 물을 긷던 우물이 있었다. 언니와 나는 바쁜 엄마 대신 양동이를 들고 우물물을 길어 날랐다. 골목은 사라졌고 우물 자리였을 법한 곳은 어느 집의 넓은 뒷마당처럼 보였다. 돌을 둥그렇게 쌓아 올린 우물의 모양을 어디서도 찾을 수가 없다. 우물터로 짐작되는 곳 근처에서 한 남자가 담배를 피우고 있다. 혹 여기에 우물이 있냐고, 아니면 있었냐고 묻고 싶었지만 먼발치서만 보고 돌아섰다. 공원으로 돌아와 옛 집터 위에 박힌 등받이 없는 의자에 앉아 잠시 숨을 골랐다. 오래 궁금했던 시간에 비해 풍경은 터무니없이 단순했다.

부모님 산소가 있는 시립묘원은 시의 외곽에 있다. 그곳
에서는 톨게이트가 멀지 않으니 산소에 들른 후 곧바로 고
속도로를 타면 될 것이다. 나는 다시 차에 올랐다.

10

엄마는 4월에 돌아가셨다. 그때만 해도 음식을 준비해서 손님들을 대접하던 시절이었다. 엄마 산소 자리 아래로 넓게 터가 닦여 있었는데, 거기서 준비해 온 음식을 먹었다. 그늘 하나 없는 땡볕 아래서 장례 버스를 타고 온 손님들을 대접했다. 손님들이 다 돌아간 후에야 우리 자매는 그곳을 나왔다. 시립묘원이 막 조성되던 때라 벌목으로 산등성이가 벌겋게 드러났고, 그 위로 봄날의 마른 바람이 불어 댔다.

#11

우리는 나오는 길에 잠깐 차를 세우고 근처 개울로 내려
갔다. 땀과 눈물로 범벅이 된 얼굴을 좀 닦고 싶었다. 개울로
내려가 손을 담근 그 순간 물이 어찌나 차고 시원하던지 언
니와 나는 삼베 치마저고리가 다 젖도록 정신없이 물을 퍼
올려 세수를 했다. 손과 얼굴을 닦고 마른 먼지가 땟국물처
럼 엉긴 목덜미도 씻어내는데, 그때의 기분을 지금도 말로
표현하기가 어렵다. 엄마는 돌아가셨는데, 4월의 꽃은 만발
하고, 흐르는 봄날의 개울물은 말할 수 없이 시원하고.

지금 그 개울은 복개가 되어 찾을 수 없지만 그 언저리쯤
에 가면 그날의 상념이 고스란히 떠오른다.

#12

    2월, 명절도 지난 지 한참인 평일 낮의 시립묘원엔 사람의 그림자라곤 찾기 어려웠다. 가져온 포와 술을 들고 부모님 산소로 가서 인사를 올렸다. 손님들과 음식을 나누던 빈터는 이미 묘지로 꽉 찼고 건너편 산마저 깎여 나갔다. 스산하기가 이를 데 없다. 숲이 사라져선가 멀리서 울던 새 소리마저도 들리지 않는다. 군데군데 돋은 잡초 몇 개를 뽑고 나서 엄마한테 작별 인사를 했다.

    봄이면 오가는 내내 꽃잎을 날리던 벚나무가 도로 양쪽에 늘어서 있지만 아직 봄은 멀었다. 어느 해는 울면서 이 길을 지나던 때도 있었다. 바람에 떨어지는 꽃잎도 슬프고 엄마랑 일찍 헤어진 것도 슬펐다. 하지만 오늘은 크게 상심하지 않으며 지나간다. 엄마의 죽음으로 고통스럽던 그 순간에도 봄날의 개울물은 넘치게 차고 시원했다. 시간이 흘러 많은 것이 변했다. 상심은 잦아들고 나는 현재를 살아간다.

#13

국도를 빠져나와 고속도로로 들어섰다. 달리는 속도를 한껏 올리니 순식간에 도시의 경계를 지난다. 낯선 산과 들을 지나고 강을 건너, 멈추지 않고 달린다. 나는 그곳과 점점 멀어진다. 그렇게 고향을 또 떠난다.

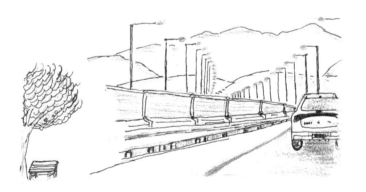

#14

마치 담장에 난 문을 열고 나온 느낌이다.

본 사람도, 기억하는 사람도 없는 담장 너머의 시간을 그
리워하는 소년처럼 나는 무형의 기억을 만지작거리며 어둠
속을 달린다.

#15

너무 오래 떠나 있어선가, 그곳을 떠올리면 가끔 존재하
지 않았던 세계처럼 느껴질 때가 있다.

많은 것이 사라졌고, 많은 기억이 흐릿하다.
그러나 그곳은 꿈속 같지만 현실이었고,
존재하지 않았던 것 같지만 분명한 과거이며,
사라져 버린 것들에 대한 엄연한 기억이다.

완벽한 하루

그날 학교 수업이 끝나고 선배와 교보문고엘 갔다. 선배는 대학 입학 후 4월쯤 학교 후문 근처에 있던 '신라다방'에서 처음 만났다.

꼭 떠나겠다, 마음먹고 떠나온 고향이었다. 그런데 마냥 좋지만은 않았다. 사람도 도시도 온통 낯설고 무서웠다. 길을 건너기 위해 지하도에라도 들어가게 되면 한 번도 원하는 곳으로 나온 적이 없었다. 지하 계단을 내려갔다 올라갔다를 반복하다 보면 자존감이 무너졌다. 길도 못 찾는 바보가 되어 무한 반복의 궤도에 갇힌 기분을 느낄 때도 있었다. 그러다 지친 어느 날은 지하도도 육교도 없는 좁디좁은 고향 땅으로 다시 돌아가고 싶다는 생각을 했다.

　모르지는 않았지만 내 말투는 투박하고 촌스러웠다. 서울 사람들 말투는 상냥하고 듣기 좋았다. 여자애들의 말소리는 지저귀는 새처럼 다정하게 들렸고, 남자애들의 억양은 부드럽고 예의 바르게 느껴졌다. 사람들이 어디서 왔느냐, 고향이 어디냐 물을 때마다 마음이 괴로웠다.

　입학 후 그나마 조금 친해진 동기가 신라다방으로 나를 데려갔다. 그곳에 가면 선배들이 있을 테니 인사를 하자는 것이다. 그건 그냥 핑계였던 것 같고 아마 선배들에게 술이라도 얻어먹을 속셈이었을 것이다.

　한 학번 위 선배 셋이서 커피를 마시고 있었는데, 여자 선배 하나 남자 선배 둘이었다. 그리고 다른 테이블엔 또 다른 학번의 선배들 한 무리가 모여 있었다. 알고 보니 그곳은 우리 학과 학생들의 아지트였다. 그런데 세 선배에게 나를 소개한 동기는 별안간 다른 선배들에게 가 버렸다. 얼결에 혼자 남겨진 나는 세 선배가 쏟아 내는 질문에 대답하느라 괴로운 시간을 보냈다.

여름이 되었다. 아직 방학이 시작되지는 않았으니 초여름쯤이었다. 수업이 끝났는데 강의실로 누가 찾아왔다. 함께 광화문 교보문고엘 가자는 것이었다. 세 선배를 처음 만났을 때부터 왠지 낯이 익어 보이던 선배였다.

처음 가 본 교보문고는 내 마음을 온통 흔들었다. 서울 도심 안에 자리한 거대한 서점 안에서 나는 놀랍고 행복했다. 당시의 나는 책에 마음을 뺏긴 지 오래인 학생이었다. 책을 사서 읽기가 쉽지 않아서 더 그랬을지 모른다. 서점 안 사람들은 침묵 속에서 책을 고르거나 선 채로 조용히 책을 읽고 있었다.

서울은 그런 곳이었다. 기대를 저버리지 않는 도시. 왜 그토록 고향을 떠나고 싶었는지 이유를 찾은 기분이었다. 나는 사람들 속에 섞여 서서 책을 골랐다. 최대한 자연스럽게, 처음이 아닌 것처럼.

그렇게 시집 『장미와 나이팅게일』을 샀다. 표지엔 '최고의 영미 시집'이라는 글씨가 한자로 인쇄되어 있고, 첫 번째 시로는 에드거 앨런 포의 〈애너밸리〉가, 그리고 마지막 시로는 T.S. 엘리엇의 〈황무지〉가 실려 있는 작은 양장본이었다.

각자 책을 고른 후 우리는 서점 안에 있는 독일풍 카페에서 생맥주를 마셨다. 묵직한 도자기 컵에 담긴 흑맥주였다. 사방이 책으로 둘러싸인 교보문고, 책의 침묵 안에 앉아 우리는 그렇게 맥주를 한 잔씩 마셨다. 맥주는 흑진주처럼 검었고 쌉싸름했으며 고소했다.

교보문고에서 나와 학교까지 무작정 걸었다. 선배가 손을 잡았다. 그리고 낮은 목소리로 시를 읊어 주었다. 초여름 밤의 공기는 달콤했고 나에게 서울의 거리는 여전히 낯설었다. 그래서 더욱, 더할 나위 없이 완벽한 하루였다.

2부

정오의 아버지

살면서 가끔 나에게서 불쑥 튀어나오는 아버지의 DNA를 느끼길 때가 있다. 그럴 때면 나는 왠지 비애를 느낀다. 한없이 유순한 얼굴을 한 아버지의 사진을 볼 때도 그렇다.

그림을 그리는 시간

사진 속 엄마와 아버지는 남해대교를 뒤에 두고 카메라를 향해 서 있다. 아버지는 셔츠에 양복을 입었고 엄마는 한복에 고무신을 신었다. 나와 언니는 아마 카메라 밖 어딘가에 서서 사진을 찍으려 포즈를 잡는 아버지와 엄마의 모습을 신기하게, 또는 어색하게 바라보고 있을 것이다. 사진을 찍은 날은 1970년대 중반의 어느 하루일 것이다. 흑백사진인데다, 남해대교가 1973년에 준공되었기 때문이다.

평생을 어촌에서 살아온 사람들에게 남해대교 준공 소식은 무척이나 흥분되는 일이었다. 다도해의 작은 섬들에는 사람이 제법 살았는데 배를 타지 않고서는 왕래를 할 수가 없었다. 그런데 육지와 섬을 잇는 거대한 다리가 놓여 배 없이도 다닐 수 있게 됐다는 건 새로운 시대가 도래했음을 예고하는 일 중 하나였다.

다른 건 몰라도 생각만큼은 세상을 다 알고자 했던 아버지에게 남해대교라는 존재는 직접 목도해야 하는 중요한 것이었을 테고, 그래서 일생에 처음이자 마지막 가족소풍을 계획하게 되었을 것이다. 열 살 언저리쯤이었을 나는 그렇게 아버지와 엄마가 한 커트 안에 들어 있는 사진 한 장을 얻게 되었다.

얼마 전 그 사진을 그림으로 그리기 시작했다. 그림이 들어간 짤막한 에세이 책을 만드는 중이었다. 그림을 채우지 못하고 마지막까지 비워둔 한 페이지를 고민하다가 문득 부모님 사진을 그려 보면 어떨까 싶었다. 갑자기 떠오른 생각이었다.

아버지가 양복을 입고 있다. 사진을 처음 본 것도 아니건만 나는 새삼 깜짝 놀랐다. 아버지가 몸에 딱 맞는 셔츠를 입었고 더구나 위아래 짝이 맞는 양복 한 벌을 입고 있다는 사실, 그리고 투박하긴 하지만 구두를 신고 있다는 사실, 그리고 엄마랑 나란히 서서 빙그레 웃고 있다는 사실, 그리고 그때는 적어도 건강하고 젊었다는 사실, 그 모든 게 놀라울 뿐이었다.

아무리 기억을 더듬어도 양복을 입은 아버지가 떠오르지 않는다. 나는 어릴 적 기억이 별로 없다. 사실인지 허구인지 모를 것들이 기억의 조각으로 남아 있는데, 아무리 뒤적여 봐도 그 속에 양복을 입은 아버지의 모습은 없다. 내가 기억하는 아버지는 이미 생의 마지막을 향해 가던 때의 아버지였다.

아버지의 숱이 많은 머리칼, 눈과 코, 가느다란 목과 뒷짐을 진 팔, 투박해 뵈는 구두, 단정하게 입은 셔츠와 벨트, 그리고 순한 미소. 낯선 이를 보듯 새삼스레 놀라며 천천히 아버지를 그려 갔다. 엄마에 대한 기억도 스러져 가는데 일찍 돌아가신 아버지에 대한 기억은 더욱 더하다. 그리고 나에게 아버지는 엄마와는 또 다른 존재였다. 그런 아버지를 그림으로 그리는 일, 그건 생각지 못한, 표현하기 어려운 감정이 북받치는 일이었다.

아이들을 데리고 멀리 소풍을 간 오십 대 부부는 한껏 차려입었다. 그리고 둘 다 입가에 잔잔한 미소를 띠고 있다. 두 사람 뒤에는 깜짝 놀랄 만큼 큰 남해대교가 위용을 자랑하고 있다. 이제 사진 속 부모와 비슷한 나이가 된 나는 그때도, 또 앞으로도 결코 알지 못할 두 사람의 생의 이면을 천천히 더듬으며 서툴게, 그리고 애달프게 그림을 그린다. 그런 시간이다.

이사

정리지옥

이사 때문에 월차를 냈던 남편은 출근을 했다. 라디오를 틀고 머리를 묶고 집안 정리를 시작했다. 이사 온 지 며칠이 지났지만 나는 아직 정리지옥을 헤매고 있다. 방 하나가 말썽을 일으켜 짐을 제대로 들이지 못한 탓에 집안은 난장판이다. 마음은 바쁘고 손은 더디다. 미처 버리지 못한 물건들이 쏟아져 나온다. 사실 별 소용없는데도 버리지 못하고 만지작거리던 것들이다. 어딘가 방치해 두었던 물건들에 대한 냉정한 평가가 시작된 것이다. 이사는 사람뿐 아니라 물건도 긴장하게 한다.

옥상 풍경

어떤 공간이 주는 특별한 느낌이 있다. 나에게 '아파트 옥상'이라는 공간은 생각만으로도 아슬아슬하다. 그래선가 살면서 단 한 번도 '아파트 옥상'에 가 본 적이 없다. 그런데 나는 이곳, 이 아파트 옥상을 하루에 몇 번씩 오르내린다. 무릎에 파스까지 붙여 가면서.

집을 보러 왔을 때 엘리베이터는 멀쩡했다. 그런데 이사를 와 보니 교체 공사를 하고 있었다. 가운데 라인만 공사가 완료됐으니 고층 사람들은 그걸 타고 옥상으로 가서 각자의 집으로 내려가라 한다. 물론 밖으로 나가려면 반대로 계단을 올라 옥상을 거쳐 중간 라인 엘리베이터를 타야 한다.

약한 무릎 연골, 빈곤한 다리 근육, 소심한 폐활량. 아, 평소 산에 오르길 싫어한 대가인가. 녹색 페인트가 칠해진 아슬아슬한 옥상에 주저앉아 저 멀리 도봉산 꼭대기를 쳐다보며 땀을 훔치는 시간을 갖지 않으면 올라가지도, 내려가지도 못하는 저질 체력이라니.

오늘은 비까지 내렸다. 그런데 남편과 나는 마트에 가서 신나게 쇼핑을 하고 말았다. 계산서를 받아든 순간 퍼뜩 옥상이 떠올랐다. 그리고 계단과 무거운 짐과 내리는 비와 아픈 내 무릎까지도.

우리는 "할 수 없지 뭐." "이거 다 필요한 거니까."라는 대화를 나누며 집으로 돌아와 옥상으로 올랐다. 남편은 짐을 어깨에 메고 양팔에 들었다. 좀 내놓으라 화를 내도 혼자 다 짊어지고 간다. 비가 오지 않았다면 옥상에 잠깐 짐을 내려놓고 안개 자욱한 도봉산 꼭대기를 같이 봤으면 좋았을걸, 우리는 쏟아지는 비를 피해 급하게 옥상을 가로질렀다.

커피&카페인

이케아에 주문했던 책장을 취소했다. 엘리베이터 없이 배달은 불가능했다. 거실 한 귀퉁이에 책을 마구잡이로 쌓아 두었다. 아, 아, 엘리베이터.

오늘도 여전히 정리, 또 정리해야 하는데 그만 쓰러져 버렸다. 스스로의 진단에 의하면 피로의 누적과 카페인 때문이다. 카페인에 예민한데 커피를 끊지 못한다. 하루에 한 잔 마시는 것도 하지 못하면 대체 무슨 재미로 살라는 말이냐며 꼭 한 잔은 마신다.

카페인 과민 증상은 이렇게 시작된다. 손 떨림, 두통, 속 울렁거림, 식은땀, 심하면 땅속으로 꺼지는 느낌. 그래서 침대에 누웠다. 쉬어야 한다. 정리는 미루자. 그런데 자꾸 거슬리는 저 물건들은 어쩐담.

어쩌구저쩌구 생각하다 잠이 들었다. 춥다. 대낮인데 몹시 춥다. 이불을 덮어야겠는데 팔이 들리지 않아. 이불을 끌고 올 수가 없어. 엘리베이터 공사 때문에 드릴 소리, 망치 소리가 귀를 때리는데 일어날 수가 없어.

아, 힘들어. 나이 들어 이사라니!

공씨네 김밥

전에 살던 동네에는 갈 만한 식당이 별로 없었다. 대신 벚꽃과 우거진 나무와 새소리, 가끔 꽤-액 하고 날아가는 오리가 있었다. 그런데 이사 온 이곳엔 맛집이 많았다. 일주일 동안 벌써 네 군데서 밥을 먹었다. 쭈꾸미 비빔밥, 김치찜을 먹었고 아들이 퇴근길에 사 온 족발과 참치를 먹었다. 다 맛있었다. 하지만 무엇보다 맛있었던 건 공씨네 김밥집의 김밥과 칼국수였다. 밥을 해 먹을 수 없었던 첫날과 이튿날 두 번이나 찾은 동네의 작은 김밥집이다.

첫날 공씨네 김밥집을 가게 된 건 순전히 이사한 집에서 가까웠기 때문이다. 이삿짐센터 직원들의 식사 시간 동안 우리도 얼른 끼니를 때워야 했다. 낯선 동네에서 밥집을 찾는 건 쉽지 않았다. 전철역 쪽으로 가면 먹을 곳이 꽤 있어 보이긴 했지만 그럴 만한 시간적 여유가 없었다. 땀을 흘리며 집 주변을 돌아다니다 '공씨네 김밥'이라는 작은 간판을 발견했다. 아무 식당이나 '쓱' 들어가지 못하는 나를 아는 남편이 시간이 별로 없다는 사실을 넌지시 알려주었다. 그건 선택지가 없다는 말이었다.

공씨라니. 공자의 후손인가? 근데 왠지 밥집에 어울리는 성씨처럼 느껴졌다. 물론 김가네 김밥도 있지만 이씨네, 박씨네, 최씨네보다 공씨네 김밥이 낫게 느껴졌다. 유리문을 열고 들어서는 남편 뒤를 따라 들어갔다. 가게의 절반은 주방, 탁자는 네 개. 작은 식당이었다.

"어서 오세요."

통통한 몸집의 중년 아주머니가 주방에 서서 우리를 맞는다. 주방 바로 앞 탁자에 앉아 있던 할머니가 우리를 보더니 천천히 일어났다. 우리는 출입문과 가까운 탁자에 자리를 잡았다.

"뭐 드릴까요?"

벽에 걸린 메뉴판을 보았다. 김밥이 기본이고 칼국수, 콩국수, 육개장과 냉면도 있다. 건너편 탁자에서는 남자 혼자 김밥을 먹고 있었다.

나는 고기 같은 것을 먹고 힘을 내고 싶었다. 그래서 육개장을 주문했다. 하지만 이내 후회했다. 원래 여러 가지 음식을 파는 식당의 음식을 별로 신뢰하지 않기 때문이었다. 남편이 나를 본다. 그의 시선 안에 있는 나는 까탈스럽고 변덕이 심한 여자다. 아마 남편은 알고 있을 것이다. 호기롭게 육개장을 주문하고 일 초도 안 돼 후회하고 있다는 것을. 남편은 변덕스러운 여자와 언제든 바꿔 먹을 수 있는 메뉴를 골랐다. 칼국수.

아주머니가 음식을 내오는 동안 김밥을 다 먹은 남자가 식당을 나갔다. 할머니가 남자의 식탁에서 빈 그릇을 챙겨 주방으로 간다. 아주머니가 선풍기를 우리 쪽으로 돌려세우며 할머니를 향해 말했다.

"엄마, 그냥 앉아 있어요."

그 말이 참 듣기 좋았다.

육개장과 칼국수, 깍두기 한 접시. 단출한 밥상이었다.

내 의심은 헛되었다. 육개장은 건더기가 푸짐했고 칼국수
는 담백했다. 다음 날 우리는 공씨네 김밥집을 다시 찾았다.
그리고 김밥과 칼국수를 주문했다. 할머니는 여전히 주방
앞 탁자에 앉아 바지런히 움직이는 중년의 딸을 보고 있었
다. 김밥은 참기름 향으로 고소했고, 칼국수는 어제와 같이
담백해서 짠 음식을 싫어하는 내 입맛에 꼭 맞았다.

피아노

물건을 쉽게 버리지 못한다. 언제부턴지 쓰던 걸 버리는 게 마음에 걸렸다. 생각해 보면 젊었을 땐 안 그랬던 것도 같다. 쓰다가 아닌 것 같으면 그냥 내다 버렸다. 벽시계도, 선풍기도, 그릇들도 버렸다. 풍족한 살림이 아니었으니 버릴 것이 그리 많지는 않았지만 그때는 쓰던 물건을 버려도 금방 잊었다.

그런데 점점 그렇지가 않았다. 쉽게 못 버리고, 버리고 나면 마음에 남아 괴로웠다. 조금의 쓸모를 되새기며 아쉬워했다.

이사를 하게 되면서 가장 먼저 정리해야 할 대상은 피아노였다. 피아노를 배우던 두 아이는 성인이 되어 각자 독립해 떠났고, 나는 피아노 칠 줄을 모르니 피아노 뚜껑을 열일이 없어졌다. 집은 좁고 살림은 많은데 한 번도 치지 않는 피아노는 자리만 차지하는 애물단지가 되어 버린 것이다.

"이번에 정리해야 하지 않겠어?"

남편의 정리 목록 1순위는 여전히 피아노였다. 이전의 이사에서도 피아노를 목록에 올렸는데 그땐 아이들이 반대했다. 결혼을 하게 되면 가져갈 테니 그때까지만이라도 됐으면 좋겠다고 했다. 그런데 이번엔 아이들도 피아노에 대해 어쩔수 없다고 생각하는 듯했다. 아쉽지만 정리하고 싶으면 해도 괜찮다고 했다. 하지만 내 마음이 문제였다. 사실은 예전에도 안 된다는 아이들 말을 핑계 삼아 피아노를 버리지 않은게 맞았다.

아이들까지 두 분이 알아서 하라 하니 남편이 독촉했다. 나는 중고로 팔 수 있는 곳을 알아보겠다 대답을 해놓고 차일피일 미루고 있었다.

초등학교 때 친구 집에 놀러 갔다가 피아노를 처음 봤다. 검은색의 커다란 피아노였는데 친구가 자랑삼아 연주를 했다. 하얀 건반 위에 어우러진 검은 건반의 조화가 얼마나 예뻤던지 시간이 지나도 잊히질 않았다. 나는 내 손가락이 그 친구보다 길기 때문에 피아노를 배우면 훨씬 잘 칠 수 있을 거라 스스로를 위로했다.

당시에 피아노를 가진 집은 손에 꼽을 만큼 드물었다. 대부분 먹고살기도 빠듯한 시절이었다. 그때부터 나에게 피아노는 가질 수 없는, 그래서 더 갖고 싶은 물건이 되었다.

결혼하고 아이들을 키우면서도 피아노를 살 수 없었다. 가격이 만만치 않아 피아노는 여전히 손쉽게 구입할 수 있는 물건이 아니었다. 그러다 어느 해, 글을 써서 상금을 받게 됐다. 그 상금으로 가장 먼저 피아노를 샀다. 나뭇결이 그대로 살아 있는, 너무 크지 않은 콘솔 피아노였다.

피아노가 집에 배달되어 왔을 때 가슴이 두근거렸다. 부드럽게 열리는 뚜껑을 들어 올리자 희고 검은 건반이 나타났다. 그 조화로움이 여전히 아름다웠다. 그 후 아이들은 피아노를 뚱땅거리며 놀았다. 어느새 고등학생이 된 딸이 귀에 익은 팝송을 연주하더니 이문세와 윤도현, 조성모의 노래들을 치기 시작했다. 나는 딸이 치는 피아노에 맞춰 노래를 흥

얼거렸다.

아이들이 대학을 가자 피아노는 잊혀졌다. 그리고 둘 다 취업을 한 후에 피아노는 그 자리에서 붙박이가 되었다. 나는 가끔 피아노에 쌓인 먼지를 닦고 뚜껑을 열어 손가락으로 한두 음을 눌러 보고는 닫았다.

이사 날짜가 다가오자 남편이 결국 화를 냈다. 매사에 미적거린다며 역정을 내는 것이다. 하지만 나는 미적거리는 게 아니라 마음이 아픈 것이다. 피아노를 팔아야 한다는 생각만으로도 맘속에서 뭐 하나가 툭 떨어지는 느낌이었다. 마치 내가 무능력해서 지켜 주지 못한다는 생각까지 들었다.

남편의 마음도 이해 못 할 바는 아니었다. 필요한 사람에게 가서 쓸모 있게 사용되는 게 낫지 않겠냐는 말에도 동의한다. 그런데 마음은 그렇지 못했다.

얼마를 미루다가 몇 군데 연락을 했다. 중고로 가져가겠다는 가격은 형편없이 낮았다. 요즘엔 음대 교수들도 디지털 피아노를 친다고 얘기하는데, 믿어야 할지 어쩔지 모를 지경이었다. 십수 년을 함께한 피아노는 이제 늙고 병든 애물단지가 된 것이다. 그래도 마음을 다잡고 사람을 불렀다. 처음에야 마음이 좀 아프겠지만 안 보면 금방 잊혀지지 않더냐. 사람도 잊는데 그깟 물건 하나야 쉽지.

　나는 피아노 의자 안에 두었던 악보들을 꺼냈다. 악보에는 어린 딸이 표시해 둔 글씨랑 음표들이 고스란히 남아 있다. 피아노 의자에 앉아 피아노를 사러 오기로 한 업자를 기다렸다. 현관 밖에서 바퀴 구르는 소리가 들려왔다. 피아노를 실어 갈 카트를 끌고 오는 소리였다.
　쿵, 마음이 내려앉았다.

어떤 만남

이사하고 며칠 뒤 으뜸부동산 사장님 전화를 받았다.

"잠깐 내려와 보셔요."

으뜸부동산 사장님은 이사할 집을 두 번이나 소개해 준 분이다. 전에 살던 동네에서 부동산 사무실을 운영한다.

"여기까지 어쩐 일로 오셨어요?"

의외여서 물었더니, 뭘 좀 가지고 왔단다. 1층으로 내려가 니 으뜸부동산 사장님이 십 킬로그램 여주쌀 한 포대를 들 고 서 있다.

"어머, 이게 뭐예요?"

"이사하고 쌀을 선물 받으면 잘산대요. 잘사시라고 가져 왔어요."

그런 말을 들어보진 못했지만 어쨌든 반갑고 고마웠다.

"고마워요. 집 정리 좀 되면 사무실에 놀러 갈게요."

우리는 친한 친구처럼 인사를 하고 헤어졌다.

집을 장만해야 한다는 생각을 하지 못했다. 형편은 늘 빠듯했다. 외벌이로 두 아이를 가르치고 생활하면서 집 상만하기가 쉽지 않았다. 물론 나와 비슷한 형편에도 집을 장만한 사람들이 있다. 그래서 어찌 보면 집을 일 순위에 놓지 않은 탓도 얼마간 있다는 생각도 든다. 그걸 일 순위로 놓았다면 다른 것을 희생했어야 했을 텐데 그러지 못했다. 그리고 또 하나, 이사 다니는 일을 감당할 수 있을 정도의 젊음 탓도 있었다.

그런데 어느 날 더 이상 이사를 다니고 싶지가 않았다. 생각만으로도 힘이 들었다. 두 아이를 각자 어른으로 키워 독립시켰으니 이제는 어디라도 머물러 살고 싶었다. 그렇게 내집에 대한 필요성을 느끼기 시작했을 무렵 집값이 천정부지로 오르기 시작했다. 주변에 봐 두었던 집들의 가격이 날개를 달고 날아올랐다. 조금만 기다려 볼까 하면 더 오르고, 어쩌지 하고 망설이는 순간 손닿을 수 없는 곳으로 가 버렸다. 계약이 끝나고 다시 집을 구해야 했다. 으뜸부동산 사장님은 자기 일처럼 알아봐 주었고, 이번에 이사할 집을 다시 소개해 준 것이다.

으뜸부동산 사장님은 안경을 쓴 내 또래 중년의 아주머니다. 동네 골목 사거리에 있는 상가 건물 한 칸에 부동산 사무실을 차려두고 혼자서 일한다. 깔끔한 사무실 탁자에는 아기자기한 손뜨개 인형들이 조로록 놓여 있고, 한편엔 자녀들이 보낸 듯한 말린 꽃바구니도 있다. 정수기 옆에는 믹스커피와 종이컵이 잘 정리되어 있다. 그녀는 조용조용한 말투에 상대방을 배려하는 화법으로 대화를 이끌어 간다. 그렇다고 지나치게 매끈한 말을 하거나, 아니면 불쾌한 저자세거나, 속이 뻔히 보이는 전문가인 척도 하지 않는다. 몇 번 만나 보니 그냥 수다스럽지 않은 속 깊은 또래 친구 같은 느낌이 들었다.

나는 스스로를 사람에 대해 불편함을 느끼는 태생이라 생각한다. 북적이는 관계를 잘 이겨내지 못하고 차라리 혼자를 택하는 사람. 남이 선을 넘어오는 게 불편하니 남에게 그런 존재가 되기도 싫어 결벽증을 앓는 사람. 그렇지만 또 그걸 그럭저럭 감추고 살아가는 사람.

그래선지 적당한 거리를 지킬 수 있는 사람만을 만나고, 그럴 수 있는 범위의 활동만 하는 사람이 되었다. 그런 나 같은 사람에게 으뜸부동산 사장님은 생각지도 못한 곳에서 만난 괜찮은 사람이었다.

사장님을 보낸 후 쌀을 들고 집으로 올라왔다. 이사하고 나서 사려고 미뤘던 터라 마침 남은 쌀도 간당간당했다. 조금 남은 쌀은 작은 통에 옮겨 담고 쌀 포대의 실을 살살 풀었다. 평소에는 잘 안 풀리곤 하던 박음질 실이 웬일로 포르륵 풀린다. 포대를 들어 쌀통에 들이부었다. 뽀얗고 통통한 쌀알들이 쏴아 소리를 내며 앞다퉈 쏟아져 내린다. 기분이 좋다. 윤기 나는 여주쌀의 고급지고 기름진 밥맛이 입안에 맴돈다.

그동안 이사를 숱하게 다녔지만 부동산 사장님으로부터 이사 선물을 받아 본 것은 처음이다. 꽉 찬 쌀통을 정리하고 나니 왠지 정말 다 잘될 것 같은 기분마저 들었다.

이삿짐이 어느 정도 정리되자 나는 그녀에게 했던 약속을 지키기 위해 예전 동네를 찾아갔다. 슈퍼에 들러 과일 주스를 사서 으뜸부동산을 찾았다. 사장님은 활짝 웃으며 나를 반겼다. 우리는 달달한 믹스커피 한 잔을 앞에 두고 얘기를 나눴다. 특별한 수다와 호들갑은 없었다. 이사 간 곳은 어떠냐, 손님은 좀 있느냐. 뭐, 그 정도의 안부만 주고받았다. 그런데도 마음이 좋았다.

커피 한 잔을 마시고 나는 일어섰다. 상대에 대한 배려와 예의, 그리고 진심이 있다면 편안하다. 그리고 그건 반드시 서로 간에 지킨 진심 어린 예의였을 때 가능하다. 그날의 우리는 딱 그랬다. 발걸음이 한결 가벼워지는 그런 만남이었다.

상관없어, 남의 감정쯤 🌿

　가끔 그런 느낌을 주는 문자를 받을 때가 있다. 자신의 감정에만 지나치게 충실한 문자. 자신의 현재 처지와 감정에 치우친 나머지 그 문자를 받을 상대를 배려하지 않는 착한 듯 나쁜 문자.

　그 사람을 알고 지내는 동안 그가 악의를 품을 사람이라고 생각한 적이 없다. 하지만 그런 문자를 받으면 난감하다. 그의 숨겨진 악의를 의심해야 할지 말아야 할지 판단이 잘 안 서기 때문이다. 어쨌든 그것 때문에 상처를 받았으니 나에겐 그의 악의를 의심하고 싶은 욕구가 생긴다.

　사람을 만나는 일은 결국 감정을 교류하는 일이다. 일 때문에 만나든, 취미 생활 때문에 만나든 몇 번이고 만나다 보면 서로의 감정에 신경이 쓰인다. 상대가 어떻게 생각할지 거듭 생각해 보는 것이다. 물론 상대의 감정에 무신경한 사람도 있다. 자기만 생각하는 이기적인 사람도 있다. 그런 사람과는 인연을 오래 맺지 않는다. 칼같이 끊어 내는 것도 나이가 들어서야 할 수 있게 되었다. 내 감정이 상대에게 끌려다니도록 두는 것도 나를 학대하는 일이라는 생각이 들었기 때문이다.

하지만 많은 것이 흑과 백을 구분하듯 또렷하지는 않다. 더구나 상대의 의도에 대해선 그것을 구별하는 것이 더 어렵다. 차라리 또렷이 자기를 드러내는 사람과는 정리가 쉽다. 그런데 늘 중간이 있다. 애매모호함을 가진 사람들. 선한 듯한데 아닌 듯도 하고, 그렇다고 나쁜 사람이 아닌 것은 알겠고. 떠올려보면 나에게 모호하게 느껴졌던 사람들이 몇 있었다. 대체로 그들의 태도 또한 비슷했다. 나는 결국 그들과는 헤어졌다.

얼마 전 그런 문자를 받았다. 기쁨에 찬 그의 문자는 자신에게만 기쁨일 뿐, 나머지 사람들에게는 상처가 될 수도 있다는 사실을 간과하고 있었다. 나는 의심해 본다. 이이는 정말 순진무구해서 이러는 것인가. 아니면 내가 지나치게 깍쟁이처럼 굴고 있는 것인가.

상관없어, 남의 감정쯤이야. 나는 그런 태도를 지닌 사람이 싫다. 이런저런 상처를 받으며 살아가는 게 인생이라지만, 이 나이쯤 되니 또 거를 건 걸러 가며 살아야 한다는 생각을 하게 된다.

말하지 못한 것 🌿

   도서관에 책을 반납해야 할 날짜가 지나 버렸다. 그것도 한참이나.

   책을 반납하러 가려다 다시 내려놓기를 몇 번이나 반복했다. 그럴 정도로 좋았나 생각해 보면 그렇지는 않다. 가끔 도서관에서 빌려 읽은 책이 마음에 들면 그 책을 따로 구입하곤 하는데, 이 책은 구입하고 싶다는 생각까지는 하지 않았으니 그 정도는 아니다 싶긴 하다. 그럼에도 나는 책 반납을 계속 미루고 있다. 특이점도, 대단한 감동도 없는데 뭔가가 나를 계속 붙잡는 기분이다.

   책은 정신병원에서 치료를 받고 있는 아빠를 만나러 간

아이의 이야기다. 작가는 어린 시절 병문안을 갔던 기억을 조각하고 재생해 이 이야기를 만들었다.

아이에게는 세상이 온통 아름다운데, 그 안에서 삶의 동력을 잃어버린 아빠가 잘 이해되지 않는다. 병이 깊어져 면회조차 거부하는 아빠를 기다리다 아이는 병원에서 우연히 사비나라는 여자를 만나게 된다. 푸른 기운 안에 빨간 수영복을 입고 푸른색 구슬 목걸이를 한 여자가 자기는 "토론토 세계 수영 선수권대회에 나간 적이 있고 언젠가 태평양을 헤엄쳐 건널" 거라고 말한다. 물론 사비나도 이 병원의 환자다. 아이는 사비나와 한여름 동안을 함께 보낸다. 병원의 너른 풀밭에 엎드려 수영 연습을 하고 병원 곳곳을 누빈다. 그리고 아빠의 슬픈 세상이, 사비나가 잠겨 들어간 다른 세상의 시간이 지나가길 기다린다. 여름이 지나 아빠는 집으로 돌아온다.

모두 내가 어렸을 때의 일이다.
지금 나는 어른이다.
아빠는 결코 행복해지지 못했지만,
그래도 삶이 꽤 괜찮아졌다.

어떤 사람들은 결코 행복하지 못하다.

어떻게 하더라도 그 사람들은 슬프다.

가끔은 너무 슬퍼서

슬픔이 지나갈 때까지 병원에 있어야 한다.

위험한 일은 아니다.

— 사라 스트리츠베리 글, 사라 룬드베리 그림, 『여름의 잠수』 중

오래전에 목숨을 버린 사촌이 있다. 병원을 들락거렸고 가끔 부모를 위협했다. 이모는 언니인 우리 엄마를 찾아와 하소연하곤 했다. 한 번은 아이가 무서워 신발도 못 신고 골목으로 도망쳤다는 얘기를 했다. 나는 못 들은 척하고 있었지만 속으로 두려웠다. 이모는 서울에 살고 있었기에 사촌에 대해서는 그런저런 얘기로만 듣고 알고 있었다. 사촌은 가난한 살림에 보탬이 되려고 어린 나이에 공장 일을 하러 갔다가 돌아오는 길에 폭행을 당했고, 그 길로 발병해서 세상에 나가지 못한 채 나이를 먹어 갔다.

서울로 대학을 온 후에 이모 집에 갈 기회가 생겼다. 고향에 계시던 엄마가 이모 집으로 보낸 뭔가를 찾으러 갔던 것

같기도 하다. 그때 말로만 듣던 그 사촌을 보았다. 살이 좀 찌고, 부어 있는 듯해 보였는데 머뭇거리며 나를 보는 모습이 무엇보다 수줍어 보였다. 그는 나보다 한 살 많은 오빠였다. 그 후 이모 집에 갈 때면 사촌은 꼭 나와서 작은 소리로 인사를 했다. 그리고는 순식간에 자기 방으로 사라져 버렸다. 그곳엔 그 말고도 사촌 동생들이 여럿 있었다. 다섯이나 되는 어린 동생들 사이에서 북적거리다 보면 그의 존재는 금방 잊혔다.

병원을 들락거리던 그는 병세가 좀 나아지고 나이가 더들자 이모의 고향이자 내 고향인 남녘의 소도시로 내려가 혼자 살았다. 나는 고향을 떠난 지 오래됐고 더구나 엄마가 돌아가신 후엔 더더욱 고향을 찾지 않았으니 사촌의 존재를 까맣게 잊고 내 인생을 살았다. 그러다 어느 날 그의 부고를 받은 것이다.

기억조차 흐릿한 사촌의 장례식엔 고만고만하게 자라던 사촌들과 먼저 세상을 뜬 엄마를 제외한 이모 세 분이 다였다. 그의 인생에는 친구도, 무엇도 없었다. 우리는 그를 쏙 뺀 우리만의 기억을 떠올리며 음식을 나눠 먹었다. 어릴 때

얼마나 웃겼는지, 얼마나 울보였는지, 얼마나 말썽꾸러기였는지. 우리는 웃거나 서로 흥을 보며 휑한 장례식장에 앉아 떠들었다. 그리고 그날 밤, 나는 늦은 기차를 타고 서울로 돌아왔다. 장례의 나머지 절차는 그의 동생들과 고향에 남아 있던 다른 사촌 형제들이 알아서 했다는 소식을 나중에 전해 들었다.

책을 함께 읽은 모임 사람들이 각자의 경험을 물었다. 주변에 혹 이런 사람이 있었느냐 묻기도 했다. 나는 모임 시간이 끝날 때까지 사촌의 얘기를 하지 않았다. 아니 하지 못했다. 사촌에 대한 내 기억은 여전히 그 시절에 멈춰 있었다. 북적대는 동생들과 사촌 사이에 끼지 못하고 늘 어딘가 숨어 있던, 그러면서도 우리한테서 한시도 눈을 떼지 않던 그 서늘한 시선을 기억한다. "왔니?"라는 짧은 인사말조차 어눌하게 뱉고서는 곧장 숨어 버리던 사촌의 세상을 나는 한 번도 이해하려 한 적이 없었다. 그리고 한 가지, 아무에게도 말하지 못한 것이 있다. 그 사촌을 마지막으로 보았던 날의 기억이다.

스무 살인 나는 그날 남자친구를 데리고 이모 집엘 갔다. 엄마가 내 앞으로 보낸 물건을 찾으러 간 길이었다. 이모는 외출 중이었고 동생들마저 어디로 갔는지 조용했다. 초인종을 누르자 사촌이 문을 열어 주었다. 나를 본 순간 그의 낯빛이 변했다. 미처 자기 방으로 돌아가지도 못한 사촌은 거실 탁자 밑에 얼굴을 묻고 숨었다. 두 팔로 머리를 감싸 쥐고 엎드린 그의 뒷모습을 보고 놀란 나는 서둘러 그 집을 나왔다. 그게 그를 마지막으로 본 날이다.

그에 대한 이야기를 누구에게 해 본 적이 없다. 돌이켜 생각해 볼 만큼 친한 사이도 아니었고, 좋은 이야기도 아니라 생각했다. 그런데도 나는 왜 이 책에 붙들려 있는가. 딱히 마음을 울리지도, 새롭지도, 멋지지도 않은 이 한 권의 그림책에.

나는 그날 사촌에게 미안해했어야 했나? 아니, 혹시 문득문득 미안했던 것인가? 그는 낯선 남자가 두려웠던 것일까? 아니면 수줍게 바라보던 사촌 여동생이 남자와 함께 나타나 화가 났던 것일까?

사촌은 마흔이 채 되기도 전에 스스로 목숨을 버렸다. 자신의 집과 멀리 떨어진 작은 항구도시에서 혼자 살다가 세상을 떠났다. 벌써 오래전 일이다.

돌아오는 길에 왜가리를 보았다

일자리센터에서 연락이 왔다. 일자리를 얻기 위해 작성해 두었던 서류의 노출 기한이 다 되었으니 다시 작성해서 올려야 한단다. 자격증이며 그동안 했던 일들을 상세히 적어 올려놓아도 도통 연락은 없었다. 그래도 아직은 건강하니 일이 있다면 하고 싶었다.

서류도 다시 작성하고 좀 괜찮은 일자리가 있나 물어도 볼 겸 집을 나섰다. 시간은 속절없이 흐르고 나는 사회의 일원이 될 기회를 좀처럼 얻지 못한다. 좀 더 젊었을 때 애쓰지 못한 탓에 남보다 뒤처졌다는 후회 때문에 기분이 울적해진다. 초겨울 날씨가 춥게 느껴지는 건 날씨 탓만은 아니다.

집으로 돌아오는 길에 개천에서 왜가리를 보았다. 머리 옆을 가로지른 꽁지머리 같은 검은 깃털과 몸통의 잿빛 털이 제법 멋진 새다. 그런 왜가리가 얕은 물에 두 발을 담근 채 미동조차 없이 서서 물풀 사이를 보고 있다. 뭔가를 노리는 듯한 태도다. 나는 걸음을 멈췄다. 그리고 왜가리가 길고 날카로운 부리로 물고기를 낚아챌 순간을 기대하며 숨죽여 기다렸다. 길고 우아한 목덜미를 높이 쳐들어 물고기를 삼키는 걸 보고 싶었다. 만약 그 순간을 보게 된다면 돌아오는 내내 울적했던 기분을 다소나마 떨칠 수 있을 것도 같았다.

1분, 2분. 생각보다 왜가리는 너무 신중했다. 적당히 지켜보다 콕! 콕! 찍어라도 보면 좋으련만 꼼짝하지 않고 물속만 들여다보는 것이다.

에잇! 지루해.

그만 포기하고 걸음을 뗐다. 그 순간 왜가리가 부리를 물속으로 빠르게 내리꽂았다.

엇?

기대에 찬 눈으로 왜가리의 주둥이를 보았는데 아무것도 없다. 실패다. 여전히 빈 입인 왜가리는 조금 전과 똑같은 자세를 잡더니 다시 물속을 들여다본다. 씁쓸한 기분으로 조금 더 왜가리를 지켜보았다. 한 치의 흐트러짐 없이 왜가리는 그 자세 그대로다.

'너도 먹고사는 일이 쉽지는 않구나. 물고기 한 마리 잡는 일일 뿐인데도 그리 오래 고개 숙여 들여다봐야 하는구나.' 그런 생각이 들었다.

돌아서 다시 걸었다. 그래, 지구상에서 숨 쉬고 살아가는 것들 중에 쉬운 삶을 사는 존재가 어디 있겠나. 나만 특별히 나쁠 것도 없지. 그렇게 생각하니 발걸음이 조금은 가벼워졌다. 그리고 무엇보다 이 개천에는 물이 맑아 먹이가 될 만한 작은 물고기가 많으니 왜가리는 곧 먹이를 잡을 것이다. 그러니 그 또한 크게 마음 쓸 일은 아니다. 나도, 왜가리도, 또 모두 각자의 자리에서 최선을 다하며 살아가면 되는 일이다.

잘 먹는 일 🌿

우연히 어떤 영상을 보았는데, 김경일 교수[†]가 이런 말을 하는 것이었다.

"마음의 상처는 몸의 상처와도 같다. 몸이 아플 때 잘 먹고 쉬는 것처럼 마음이 아플 때도 잘 먹어야 한다. 모두 다 어차피 뇌에서 하는 일이기 때문이다."

듣고 보니 너무 당연한 말이었다. 몸을 다치면 우리는 푹 쉬면서 영양가 있는 음식, 먹고 싶었던 음식을 먹으며 몸을 보한다. 그런데 몸을 다쳤을 때 통증을 느끼는 것은 사실 뇌

[†] 인지심리학자, 아주대 교수.

의 작용 때문이라고 한다.

마음을 다쳤을 때도 고통을 느낀다. 통증이다. 그것 역시 뇌가 느끼는 것이다. 그런데 마음을 다쳤을 때는 푹 쉬거나 맛난 것을 먹으며 몸을 보하겠다는 생각을 해 보지 못했다. 그 두 가지는 각각의 다른 아픔이라 생각해 왔다.

그런데 그 영상을 보자 불현듯 이런 생각이 들었다. 그렇다면 지금 나에게는 따뜻한 낮잠과 맛있는 음식이 필요해, 라고. 요즘 얼마 동안의 나는 생각이 생각을 만들어 내어 불면과 무기력에 시달리는 중이었다.

그래서 낮잠을 잤다. 모처럼 편한 마음으로 낮잠에서 깼다. 아주 달고 따뜻한 낮잠이었다. 나는 언제부턴가 낮잠 자는 일을 부끄럽게 여겼다. 할 일 없는 사람처럼 느껴지는 것이 싫어 웬만하면 깨어 있었다. 무엇을 하든, 잠들지 않으려 했다.

오후쯤 남편 전화가 왔다. 사무실 근처에 맛있는 음식점이 있으니 퇴근 시간에 맞춰 나오라는 것이다. 전철을 타고 나가야 하는 일이 귀찮아서 그동안은 대부분 거절을 해 왔는데 그날은 순순히 알겠다고 했다. 마침 죄책감 없는, 오직 나를 다독이는 따뜻한 낮잠을 자고 일어난 터였다. 거기다 맛있는 것을 먹어서 나의 뇌를, 마음을 달랠 수 있다면 그러고 싶었다.

회사 근처에서 남편을 기다렸다. 쏟아져 나오는 사람들 사이로 남편이 나타났다. 우리는 각자의 기대를 안고 음식점으로 향했다. 그런데 웬걸! 문이 닫혔다. 급한 사정으로 문을 닫았단다. 확인도 안 하고 나를 불러낸 남편이 미안해했다. 어쩔 줄 몰라 하는 남편과 퇴근길 전철을 타고 다시 동네로 왔다. 그리고 집 근처에 있는 중국집으로 갔다. 그냥 집으로 가자는 나의 손을 남편이 잡아끈 것이다. 저녁의 동네 중국집은 손님도 없이 텅 비어 있었다. 의심 반 걱정 반으로 주문을 하고 기다렸다.

요리가 나왔다. 시원한 냉채 요리와 따끈한 튀김 요리였다. 조심스레 한입 맛보았다. 기대 이상이었다. 반찬으로 나온 자차이도 짜지 않고 오독오독 씹히는 맛이 좋았다.

"맛있네."

시원한 맥주 한 잔을 마시며 슬쩍 말을 건넸다. 남편이 "거봐, 내 말 듣기 잘했지?" 하고 웃는다.

다음 날, 나는 남편에게 영상 본 얘기를 했다. 그리고 당신이 사준 중국요리가 정말 맛있었다고, 그리고 애들 오면 같이 먹으러 가자고 했다.

그러자 남편이 말했다.

"내가 그동안 했던 말은 듣지도 않더니, 그거 내가 맨날 했던 말이잖아. 속상할 때는 맛있는 거 먹고, 잘 먹어야 된다고. 하여튼 남편 말은 귓등으로도 안 듣지."

생각해 보니 그랬다. 남편은 먹는 일, 그것도 맛있는 거 먹는 일의 중요성에 대해 자주 얘기했다. 특히 속상한 일이 있을 때면 "이런 때일수록 잘 먹어야 돼."라고 말했다. 그럴 때마다 내 반응은 시큰둥했다. 먹는 게 뭐 그리 중요하다고? 라며 투덜댔다.

"사람 때문에 고통스러웠는데 식사를 소홀히 해서 더 크게 고통받는 경우는 생각을 안 해요. 반쯤 먹은 사발면 옆에 거울이 놓여 있고, 그리고 그걸 보면서 너무나도 갑자기 순간적으로 무너진 자아로 인해 돌이킬 수 없는 선택을 한 분들도 있다고 심리 부검 프로파일러 분들이 말합니다. 그러니까 사람 때문에 크게 고통받은 날은 좋은 음식을 드셔야 해

요. 최소한 내가 좋아하는 음식을, 좋은 곳에서 식사하는 게 좋아요."††

나를 다독이는 일은 거창하지 않았다. 잘 먹고, 잘 자고, 소소하게 움직이고. 그런 거였다. 그런데 남편은 오래전부터 나에게 그렇게 말해 주고 있었다.

"이럴 때일수록 잘 먹어야 해. 맛있는 거 먹으러 가자."

그야말로 내 곁의 심리학자였던 셈이다.

†† 유튜브 〈놀면서 배우는 심리학〉, 김경일 교수 편.

정오正午의 아버지 🌿

그때는 정오가 되면 '오바[†]'를 불었다.

유럽의 어느 도시쯤이었다면 댕그랑댕그랑 종을 쳤을지도 모르겠는데, 그때 낮 열두 시에는 왜-앵 하고 '오바'를 불었던 것이다.

집에 벽시계를 산 것도 초등학생이 되어서였으니 시계가 있는 집도 드물 때였다. 부모님이 시계를 사기 전까지 나는

[†] '오바'는 오포午砲라는 말의 변형이다. 오포는 구한말부터 낮 12시에 포를 쏘아 정오임을 알리는 신호였다. 그 후 사이렌으로 바뀌었지만 사람들은 여전히 "오포 분다"고 했는데, 말이란 이리저리 각자의 맞춤으로 만들어지는 것이어서인지 우리 고향에서는 "오바를 분다"고 했다.

동네에 유일하던 수정약국 문 앞에 서서 시계를 봤다. 유리 문 밖에 서서 숫자를 보고 있을 때 누군가 시간 보는 법을 가르쳐 주던 기억이 있는데, 그게 누구였는지는 떠오르지 않는다.

왜-앵 소리가 울리면 아버지에게 십 원을 받는다. 아버지는 늘 "오바 불면 주마."라고 했고, 나는 오전 내내 '오바 부는' 소리만 기다렸다. 왜앵 소리가 사방으로 퍼지기 시작하면 아버지한테 달려갔는데, 아버지는 빙그레 웃으며 십 원을 손에 쥐여 주었다.

집 앞엔 영등천이 흘렀다. 그리고 남산교라 불리는 다리가 있었다. 집은 하천의 하구쯤이었는데 그곳은 바다와 맞닿아 있었다. 그래서 만조 때면 물이 불어나 남산교 바로 아래까지 가득 넘실거렸다.

아버지는 낮에 주로 다리께에 앉아 있었다. 햇빛이 환하고 물은 넘실거리는데 아버지는 거기 앉아서 아저씨들과 얘기를 나눈다. 고기잡이의 사정에 대해, 그리고 일본 전쟁에 대해, 여순사건을 피해 섬으로 피난 갔던 때에 대해. 그러다 내가 달려가면 약속한 십 원을 꼭 주는 것이었다.

겨울에 학교에 갈 때는 아버지가 양말을 신겨 주었다. 발목까지 내려온 내복을 꼭꼭 여며 양말 속으로 집어넣어 주었다. 그리고 학교가 끝나고 집에 오면 누워 있던 등허리 밑 이불 속으로 손을 넣으라고 했다. 일없이 종일 누워 있던 아버지의 등허리 밑은 따뜻해 곱은 손이 금방 녹았다. 그러고 나면 아버지는 선반에 올려놓은 말린 문어를 내려 가위로 작게 잘라 입에 넣어 주었다. 바짝 마른 문어를 입안에 넣고 이리저리 굴려 침으로 불리다가 잘근잘근 씹으면 짭조름하고 비릿하며 고소한 맛이 입안 가득 퍼졌다.

일찍 결혼했으나 오랫동안 아이가 없던 아버지는 오십 가까이 되어 나를 낳았다. 그리고 아버지라는 존재에 대해 깊이 생각해 볼 겨를도 주지 않고 그만 일찍 돌아가셨다. 아버지는 그 당시의 보통 아버지들과 크게 다르지 않았다. 가난하고 무능력했으며 자주 술에 취했다. 그런 아버지들을 대신해 힘들게 가정을 꾸려 가던 엄마들이 그때는 많았다. 우리 집도 그랬다.

아주 가끔 아버지 생각을 한다. 비가 많이 오던 여름 어느 날 우산을 씌워 학교에 데려다주던 아버지, 자전거에 방석을 깔고 어린 나를 태우고 다니던 아버지, 오바가 울리면 득달같이 달려간 작은딸을 보며 웃던 아버지. 몇 안 되는 그런 기억들이 아버지를 미워했던 한때의 다른 기억들을 도닥인다.

살면서 가끔 나에게서 불쑥 튀어나오는 아버지의 DNA를 느낄 때가 있다. 그럴 때면 나는 왠지 비애를 느낀다. 한없이 유순한 얼굴을 한 아버지의 사진을 볼 때도 그렇다. 좀 더 즐겁게, 좀 더 단순하게, 좀 더 건강하게 인생을 살다 가셨으면 좋았으련만 그렇지 못해 슬프고 아쉽다.

정오, 낮 열두 시다. 시간을 알리는 오바도, 종소리도 울리지 않는다. 반찬 몇 가지를 놓고 혼자 식탁에 앉는다. 햇빛에 반짝이며 넘실대던 만조의 물을 떠올린다. 아버지의 작고 마른 몸과 주름진 얼굴이 거기 있다.

요양병원 장례식장

오랫동안 요양병원에 계시던 친척 어른의 부고 전화를 받았다. 꼭 가봐야 하는 곳이라 오후 반차를 내고 퇴근한 남편과 함께 출발했다. 집에서 세 시간 정도의 거리, 왕복이면 꼬박 여섯 시간 이상을 달려야 한다. 네 시쯤 출발했는데도 겨울 해가 짧아서인지 금방 어두워졌다.

"잘 계신다고 하더니……"

"그러게."

우리는 어둠이 내린 고속도로를 달렸다. 그동안 종종 들은 소식은 그저 잘 계신다는 정도였다. 근처에 사는 아들이 자주 가 보고 해서 크게 걱정할 거 없다는 얘기였다. 다만 코로나 때문에 오래 만나지 못해 자식들이 안타까워하고 있다는 소식까지 들었다.

연세가 많으신 탓에 갑자기 돌아가셔도 크게 이상할 것 없다는 생각은 했지만 막상 부고를 받으니 마음이 좋지 않았다. 나이와 상관없이 안타깝지 않은 죽음이 어디 있겠나 싶은 것이다.

잠깐 들른 고속도로 휴게소도 거의 파장이었다. 코로나 때문에 사람이 줄고, 더구나 평일 저녁이니 대부분의 점포가 불을 끄고 문을 닫았다. 겨우 커피 한 잔을 사 들고 차로 돌아오는데 바람이 차고 스산하다.

고속도로를 빠져나오니 달리는 차가 거의 없다. 어둠만 가득한 좁은 국도를 한참 달렸다. 길을 따라 드문드문 집이며 가게들이 보였다. 이쯤인가 싶어 내비게이션을 들여다봤는데 아직도 멀었다. 가로등 하나 없는 시골길을 한참 달리니 멀리 불빛이 보인다. 작은 사거리에 편의점이 보이고, 문을 열어놓은 식당도 한 군데 있다. 좀처럼 캄캄한 어둠을 보기 힘든 도시 생활을 한 지 오래라 어둠에 꽉 잠긴 동네가 약간은 낯설고 두렵게도 느껴졌다.

"이쯤인 거 같은데."

남편이 주변을 살폈다. 나도 차창으로 고개를 돌려 주변을 휘둘러 보았다.

"저기네, 장례식장이."

사오 층 정도 되어 보이는 건물 주차장에 차를 세웠다. 그런데 차에서 내리던 나는 깜짝 놀랐다. 장례식장은 요양병원과 입구를 나란히 하고 있었다. 좀 널찍한 문이 요양병원 출입구이고, 한편에 나란히 있는 좁은 출입문이 장례식장인 것이다. 게다가 그 출입문 위에 떡하니 붙어 있는 장례식장 간판이라니. 도대체 사람에 대한 배려라곤 전혀 없는 건물의 구조에 나는 충격을 받았다.

조문을 마치고 장례식장을 나섰다. 요양병원 출입구는 이미 불이 꺼져 껌껌하다. 흐릿한 불빛만이 장례식장 간판을 비춘다. 멀리서 와줘 고맙다며 주차장까지 따라 나온 친척과 인사를 나누고 우리는 차에 올랐다. 차는 주차장을 빠져나와 다시 좁고 어두운 길로 들어섰다.

우리는 별다른 말을 나누지 않았다. 한 치 앞도 알 수 없는 인생에 남의 말을 하는 것이 얼마나 부질없는 짓인지 알

만큼 아는 나이가 됐기 때문이다.

나는 다만 그 친척 어르신이 이곳에 오셨을 그 예전에, 배려라곤 눈꼽만큼도 없는 이 삭막한 건물의 구조에 대해 어떤 생각도 하지 않으셨기를 빌었다. 그리고 미처 그런 것에 눈 돌리지 못한 자식들에 대해서도 서운하게 생각하지 않으셨기를 또 빌었다.

어디쯤일까.

늦은 밤에 달리는 국도는 먹물 속처럼 어둡고 낯설다. 그 속에 앉아 인간의 존엄에 대해 생각했다. 작은 배려만으로도 지켜 줄 수 있는 것들을 우리는 얼마나 무신경하게 놓치고 있는가. 꼭 필요한 장소였다면 입구의 방향만이라도 좀 달리해 놓는, 그런 방법은 없었을까? 아무리 삶과 죽음이 멀지 않다지만 죽음 가까운 곳에 자리한 이들에게 그것이 마냥 장소로만 다가갈 수 있을까?

하긴 꼭 그것뿐이랴. 하루가 멀다 하고 들려오는 노인 학대는 또 어떤가.

이후에 자주 요양원이나 요양병원을 눈여겨보게 되었다.

생각보다 열악해 보이는 곳들이 많았다. 특히 밤새 차가 오가는 번화한 거리의 건물에 자리한 곳을 볼 때면 더 마음이 좋지 않았다. 밤낮으로 소음에 시달리며 낯선 병상에 누워 죽음을 기다리고 있을 늙은 누군가의 외로움이 사무친다. 내 집에서 앓다가 죽는 것도 뜻대로 안 되는, 그런 세상이 된 것이다.

어쩌면, 코끼리처럼

'기억'하는 기능을 가졌다는 건 축복일까 불행일까? 기억은 기억하는 행위만으로 끝나는 것이 아니라 감정을 수반한다. 그래서 그런 질문을 던져 본다. 감정이 함께 딸려 오지 않는 기억만 있다면, 아니 그냥 기억하는 기능이 아예 없다면 어떨까도 생각해 본다. 그냥 생각이다.

나에게는 '기억'이 '감정'과 동의어처럼 느껴진다. 어떤 기억은 떠올림만으로도 감정이 소용돌이친다. 그래서 며칠 동안 그 소용돌이 안에서 빠져나오지 못하는 날이 종종 있다.

코끼리는 기억에 의존해 살아가는 동물로 알려져 있다. 나이와 경험이 많은 암컷 코끼리는 무리의 생사生死를 책임

진다. 자신의 딸과 그 딸들이 낳은 자손을 이끌고 초원을 건는다. 배고픔을 해결할 풀과 과일이 있는 숲을 찾아야 하고, 타들어 가는 가뭄이라도 올라치면 물을 찾아내야 하는 사명을 기꺼이 짊어진다.

암컷 코끼리는 그 어미와 그 어미의 어미가 걷던 길을 꼭 기억해 내야만 한다. 마른 대지에 바람이 불고 목마른 어린 새끼는 울며 보챈다. 코끼리는 기억을 더듬어 그들이 걷던 길을 되짚어 걷는다. 먼 길을 걸어 드디어 사막 같은 초원에 숨겨진 물웅덩이를 찾아내면 그를 따르던 무리는 다행히도 열 오른 몸을 식히고 갈증을 달랜다.

하지만 삶이 그렇듯이 모두가 성공하는 것은 아니다. 서툴거나 잘못된 이유로 누군가는 쓰러진다. 거대한 몸뚱이를 땅에 내려놓고 눕는다. 수명만큼 살지 못하고 죽는 것이다. 순간 달려드는 먹이 사슬들. 코끼리들은 위협적으로 소리치며 긴 코를 휘둘러 그들을 쫓아낸다. 그리고 생을 마친 그의 몸을 쓰다듬는다. 구석구석 만지고 냄새 맡는다. 사람의 손만큼이나 부드럽고 예민한 돌기가 달린 코로 그를 어루만지며 기억에 새기는 것이다.

그러고 나면 무리는 천천히 그 자리를 떠난다. 기다렸다는 듯 다시 달려드는 초원의 먹이사슬들을 더 이상은 쫓지 않는다. 마치 자연의 섭리를 아는 양 그저 터벅터벅 걸음을 옮기는 것이다. 목숨을 다한 코끼리는 허기진 동물들의 배를 채워주고 어느덧 뼈만 남아 그 존재를 드러낸다. 그리고 오랜 시간 햇빛과 비와 바람 속에서 뼈는 빛이 바래고 조용히 삭아 간다.

어느 날 코끼리 한 마리가 빛과 바람 속에서 서서히 삭고 있는, 이제 더 이상 누군지 알 수 없는 뼈에 다가간다. 코끼리는 긴 코로 기억을 더듬어 빛바랜 뼈를 쓰다듬기 시작한다. 이곳저곳, 구석구석을 천천히 어루만지고는 크게 울음 운다.

뼈의 주인은 오래전 이곳에서 생을 마친, 수코끼리의 가족이다. 어느덧 자라 무리를 떠나 홀로 떠돌던 젊은 수코끼리는 잊지 않고 찾아와 그를 기린다. 그렇게 오랜 시간 쓰다듬고 어루만지던 젊은 수코끼리는 뼈를 두고 다시 혼자만의 길을 떠난다.

텔레비전에서 이 장면을 보다가 탄식했다. 그건 높은 지능을 가지고 사람과 비슷한 행동을 하는 동물에 대한 놀라움이 아니었다. 기억하려 하고, 기억해 내고, 그렇게 서로를 사랑하는 그들의 감정 때문이었다. 무엇이 저들에게 저렇듯 또렷한 기억과 깊은 감정의 낙인을 준 것일까. 그리고 죽음마저도 오랜 습성처럼, 운명처럼 받아들이며 다시 걷던 길을 되짚어 돌아가게 하는 것일까. 서서히 멀어져 가는 젊은 수코끼리의 뒷모습에 마음 깊은 곳이 '울컥' 흔들렸다.

살다 보면 털어도 털어도 달라붙는 악몽 같은 기억 때문에 삶이 흔들릴 때도 있다. 어쩐 일인지 좋은 기억보다 나쁜 기억이 늘 힘이 세다. 그래서 어떤 사람들은 죽음을 생각하기도 한다. 잊어버리기 위해, 서둘러 떠나려 한다. 그런데 코끼리처럼 산다면 어떨까. 뭐가 됐든 충분히 기억하고, 충분히 슬퍼하고, 충분히 미워하고, 또 가능한 한 충분히 사랑한다면……, 다시 걸을 수도 있지 않을까. 비록 코끼리처럼 굵고 튼튼한 발목을 가지지는 못했지만 적어도 두 발을 땅에 딛고 다시 인생 속으로 터벅터벅 걸어 들어갈 수 있지 않을까. 오랜 습성처럼, 운명처럼. 어쩌면……, 코끼리처럼.

3부

나는 요즘

사람과 쉽게 친해지기도 하고 쉽게 어그러지기도 했다. 너무 좋아서 만나다가 얼음장 같은 마음으로 돌아서기도 했다. 상처를 주기도, 상처를 받기도 하면서 세월을 지났다.

중년의 시간을 건너는 중입니다

잠

이른 새벽에 잠이 깬다. 언제부턴가 천천히 잠에서 깨어나는 과정이 생략되고 있다. 그냥 누군가 툭, 하고 건드리는 느낌이 들면서 눈이 번쩍 떠진다. 그렇게 잠에서 깬다. 따져보면 기껏 몇 초뿐일 그 순간에 머릿속은 백지다. 어떤 생각도 하지 않는다. 나이 든 몸의 신체적 반응일 뿐이다.

늦게 자는 습관 때문에 아침에 일어나는 걸 힘들어하던 내 몸에 변화가 왔다. 자주 깨고, 일찍 깨는 일이 반복되면서 언제부턴가 아침 늦게까지 푹 자 보는 것이 소원이 됐다.

거실로 나와 물을 조금 마시고 들어가 다시 침대에 누워 보지만 이미 잠은 멀리 달아나 버렸다.

새벽이면 어둠 속에서 두런두런 얘기를 나누던 아버지와 엄마가 떠오른다. 새벽잠에 취한 어린 나에게 두 분의 두런거림은 알아들을 수 없는 또 하나의 자장가 같았다. 말소리에 잠깐 깼다가 '치익' 타오르는 성냥 불빛을 보고 다시 잠에 빠져들던(그 당시 아버지들은 방안에서 담배를 피웠다.) 어린 나는 내 몸의 시계가 부모님과 같아질 거라는 생각은 하지 못했다.

결국 자리를 털고 일어나 베란다로 나갔다. 창 너머로 이른 산책을 나온 사람들이 보인다. 그들은 아직 켜져 있는 새벽의 가로등 불빛 아래를 느리게 걷고 있다. 구부정한 어깨와 좁은 보폭으로 보아 늙은 사람들이 분명해 보인다. 늙은 그들과 늙어 가는 나의 하루는 자신의 의지와 별 상관 없이 일찍 시작된다.

감정

　가족들을 출근시키고 다시 침대에 누웠다. 밤새 불면으로 뒤척이다 일어난 터라 잠깐이라도 다시 자고 싶었다. 어찌 쉽게 잠이 들었나 싶었는데, 이상한 꿈을 꾸었다.

　모처럼 친구를 하고 싶은 여자를 만났다. 그런데 다른 한 사람이 나타나자 나는 둘에게서 소외당한다. 살갑게 얘기하는 두 사람 사이에서 뻘쭘하게 서 있다가 문을 열어두고 왔다는 핑계를 대고 잠깐 집으로 왔다. 그런데 그때 열린 대문을 밀고 이제 막 내 집으로 들어가려는 어린 고양이를 발견했다. 두 손으로 고양이를 안아 들었다. 몰캉하고 여린 뼈마디가 두 손 가득 느껴진다. 잠깐 망설이던 나는 고양이를 길쪽으로 내려놓았다. 그런데 손에서 놓여난 고양이는 숨지도 않고 길을 따라 걷는다. 소리 없이 느긋하게. 홀린 듯 그 뒤를 따라 걷던 나는 앞선 고양이를 보고 깜짝 놀랐다. 고양이의 작은 몸통은 마침 머리 위에서 내리쬐는 정오의 햇빛에 황금색으로 빛났다. 그것이 너무나 신기해 조심스레 다가가 고양이를 들여다보았다. 놀랍게도 빽빽한 몸통의 털 가운데 진짜 황금 털이 있었고, 그것이 그토록 눈부시게 반짝이고 있었던 것이다. 순간 나는 고양이를 손에서 놓아 버린 게 몹시 후회되었다. 하지만 이미, 손을 뻗어 그것을 잡을 수는 없었다.

잠을 깨니 커튼 사이로 아침 해가 잔뜩 들어와 있었다. 따갑게 쏟아지는 햇빛 때문에 그런 꿈을 꾸었다고 생각하며 자리에서 일어났다.

그런데 갑자기 울음이 터졌다. 꿈속 모든 것이 너무 생생했다. 두 사람이 준 모멸과 소외는 내 자존감을 흔들었고 손에서 놓아 버린 황금고양이는 인생에서 놓쳐 버린 순간들만 같았다. 그러자 이렇게 껍데기만 남아 앞으로의 인생을 살아가게 될지도 모른다는 두려움이 몰려왔다.

일상

집을 나섰다. 이곳으로 이사를 온 후 중랑천변을 걷는 일이 일상이 되었다. 걷다 보면 잊고 있던 기억이 떠오르기도 하고 복잡하게 꼬였던 생각이 풀리기도 한다. 물론 꽉 밟아 두었던 나쁜 기억이 떠올라 집까지 따라오는 날도 있다. 하지만 대체로 산책은 좋다. 오랜 산책 때문인지 나이 때문인지 나도 조금은 느긋해지고 있다.

오늘은 산책길에서 고마리꽃을 꼭 찾고 싶었다. 지난주 한자 수업시간에 배 선생님이 사진까지 찍어 와서 보여주었다. 선생님은, 고마리는 너무 작은 꽃이라 몸 전체를 숙이고 들여다봐야지만 볼 수 있다고 했다. 흰빛의 고마리꽃을 중랑천 산책길에서 보았다는데, 나는 아직 보지 못했다. 천천히 걸으면서 몸을 좀 더 낮추면 찾을 수 있으려나.

나이가 들면서 조금씩 바뀌는 것들이 있다. 그토록의 애 틋함도, 분노도, 사랑도 없다. 그래서 한편으론 이제야 편안하기도 하다. 눈물이야 닦으면 되고, 나는 오늘의 일상을 살아간다.

그날의 찰스 키핑

그날도 무기력하게 책상 앞에 앉아 있었다. 감정도 생각도 다 말라 푸석거렸다. 나하고 별 상관도 없는 인터넷 기사나 돌려 보며 시간을 보냈다.

그즈음 나는 자주 기분이 가라앉았고 우울했다. 그렇다고 울거나 화를 내지는 않았다. 그냥 무기력했다. 시도하는 일은 계속 실패했고 하고 싶었던 일도 성과가 없으니 점점 손대기가 싫어졌다. 한마디로 되는 일이 하나도 없었다. 더구나 젊었을 때 하던 고민을 나이 들어서도 하고 앉아 있는 스스로를 보며 절망했다. 인생이 이렇게나 발전이 없다면 나라는 사람이 살아 있을 이유가 있을까 하는 생각마저 들었다.

그날 책꽂이에 꽂혀 있던 그림책 『창 너머』를 빼든 것은 조금 특별한 선택이었다. 이미 예전에 한 번 읽기는 했지만 어둡고 부담스러운 색채 때문에 웬만해서는 다시 꺼내 읽지 않았다. 아무리 영국의 3대 그림책 작가로 꼽히는 찰스 키핑의 작품이라 해도 나한테는 별로였다. 그런데 그날은 유독 책의 표지가 눈에 들어왔다. '그래 맞는 김에 좀 더 얻어맞지 뭐.' 생각하며 책을 펼쳤다.

조금 열린 커튼 사이로 한쪽만 크게 그려진 아이의 얼굴에는 맞은편 건물의 음영이 새파랗게 드리워져 있다. 경계를 알 수 없는 크고 검은 눈동자, 마치 흘러내리는 눈물 같은 검은 속눈썹. 만약 벌린 입술 안쪽으로 사이가 벌어진 작은 이가 보이지 않았다면 아이의 얼굴이라고 추측하기 쉽지 않았을 것이다.

책을 한 장씩 넘겨 보았다. 커튼 뒤에 숨어 창 너머 거리를 보는 아이, 그리고 아이가 보는 거리의 모습. 단문으로 전개되는 짧은 이야기와 달리 그림은 조금의 여백도 없이 어지러운 색채로 꽉 들어차 있다. 인물의 형체는 뭉개진 굵은 선으로 그려져 있는데, 신기하게 그 형체만으로도 인물의 감정이 고스란히 전해져 온다.

아이가 창 너머 보는 사람들은 청소부, 마부, 쭈그렁탱이로 불리는 늙은 할멈과 할멈의 개, 그리고 싫어하는 친구 한 명이다. 개는 삐쩍 말라 뼈만 보인다. 곧 거리에서는 사고가 난다. 무섭게 질주하는 말들이 책 두 면을 가득 채운다. 붉은 선으로 그려진 말들의 역동적인 질주에서는 광기마저 느껴진다. 말을 잡으려 달리는 사람들.

아이가 숨어서 보는 커튼은 시시각각 색깔이 바뀐다. 곧 늙은 쭈그렁탱이 할멈이 축 늘어진 개를 꼭 껴안고 있는 장면이 나온다. 붉은색과 검은색이 가득한 장면이다. 개를 안고 서 있는 할멈 발아래로 붉은 물감이 흥건하게 흐른다. 고개를 떨군 채 돌아서서 개를 안고 걸어가는 쭈그렁탱이의 뒤로 사람들이 멀찌감치 떨어져 서 있다. 아이는 애써 그 상황을 외면하는 독백을 한다. 그리고 유리창에 '후' 입김을 불어서 손가락으로 그림을 그린다. 쭈그렁탱이 할멈이 개를 안고 서 있는 앞모습이다. 할멈도, 개도 서로를 마주 보며 미소 짓고 있다.

나는 책을 덮었다. 그림은 기괴하고 불친절하다. 찰스 키핑은 누구를 달래거나 위로할 생각이 없다. 비 오듯 죽죽 흘러내리는 두꺼운 선들이 어둡고 깊은 우울 속으로 밀어 넣는다. 다시 책을 펼쳐 뒤로 넘겼다가 앞으로 넘기기를 반복했다. 그러다 보라, 파랑, 노랑, 빨강 색들의 조합이 정신없이 펼쳐지는 커튼 뒤에 숨은 채 "이층에 있으니까 나는 안전해."라고 말하는 아이의 불안을 통째로 받아안는다. 도대체 이 사람 뭐지. 작가의 인생이 궁금해졌다.

찰스 키핑에 대해 찾아 보았다. 어려운 환경 속에서 자랐고 전쟁에서 입은 부상으로 한동안 우울증에 시달렸던 사람, 그림을 배웠으나 잘 풀리지 않아 가난을 벗어나지 못한 사람, 그래서 그림 모델로도 일을 한 사람, 후에 석판화와 일러스트레이션을 전공하고 신문 만화를 그리고 삽화 작업을 하고 그림책 스물두 권을 쓴 사람.

키핑의 책이 갖고 싶었다. 알아보니 그의 책을 당장 살 수 있는 곳은 중고서점뿐이었다. 세수도 하지 않고 모자를 눌러 쓴 채 서점으로 달려갔다. 그리고 마치 나를 기다린 듯 꽂혀 있던 키핑의 책 세 권을 집어 들었다.

중고서점에 기꺼이 책을 팔아 준 누군가에게 감사하며 돌아오는 버스 안에서 꺼내 읽었다. 그러다 『조지프의 마당』을 읽으며 콧물을 조금 훌쩍였다.

그런 날이었다. 인생은 아이에게도, 어른에게도 가차 없는 것. 그래도 할멈과 개가 서로를 향해 웃고 있길 바라는 기대 섞인 헛된 위로라도 주고받으며 살아가는 것. 새삼 이 나이에 다시 생각해 보는 그런 날.

대전역에서

딸이 차를 샀다. 직장이 있는 대전까지 차를 가져가야 하는 초보를 위해 우리 부부는 만사 제쳐두고 딸의 차에 올랐다. 물론 딸의 운전 교습 선생님은 처음부터 아빠였으니 오늘 고속도로 운행까지 무사히 마친다면 완벽한 마무리가 될 것이다.

그동안 주말마다 아빠 차로 운전 연습을 하긴 했지만 오랜 시간 고속도로를 타야 하는 일이 초보에겐 쉽지 않을 것이다. 딸과 남편은 앞좌석에, 나는 뒷좌석에 앉았다. 하필 비까지 내린다. 안전띠를 단단히 맸다.

딸은 긴장된다면서도 제법 안정적으로 운전을 했다. 가

끔 곡선 구간에서 속도 때문에 흔들리는 것 말고는 괜찮았다. 고속도로 요금소에서 결제를 위해 창을 내려야 하는데 앞뒤 창이 올라갔다 내려갔다 한다. 휴게소에 들러 커피와 물을 사고 주유까지 해 보았다.

그렇게 대전에 도착했다. 딸이 지내는 사택은 지하 주차장이 없어서 주차난이 심각하다. 주차 때문에 걱정하는 딸을 달래 놓고 남편과 나는 대전역으로 갔다.

"차가 다음 주에 왔으면 좋았을 걸 그랬어. 이사까지 겹쳐서 너무 피곤하잖아."

나는 대전역사 안 간이 의자에 앉아 남편에게 고생했다는 말 대신 그런 말이나 하고 있었다.

"빨리 해서 솔이도 차 가지고 출퇴근하면 좋지, 뭐. 어휴, 이제 다 끝났네."

남편이 홀가분하다는 듯 웃었다.

나는 자전거 타는 법을 남편에게 배웠다. 어린 아들과 딸도 아빠가 뒤에서 잡아 주는 자전거를 타면서 배웠다. 운전도 마찬가지였다. 물론 학원에서 배우고 면허를 따기는 했지만 이후 연습은 남편과 했다. 아들도, 그리고 마지막으로 딸까지도 모두 아빠와 함께 운전 연습을 했다. 동네를 돌아보고, 가까운 교외를 나가 보고, 고속도로를 달려 보고. 그렇게 함께했다.

피곤해서 그런가. 남편의 큰 눈이 더 커진 듯해 보인다. 스물, 스물하나에 만나 참 많이 사랑하고 참 많이도 싸웠다.

"집에 가면 몇 시려나?"

내가 묻자 "11시쯤 되겠는데." 남편이 대답한다.

"내일 출근해야 하는데, 당신 피곤해서 어떡해?"

"괜찮아."

어느새 백발이 된 남편은 여전히 별일 아니라는 듯 대답한다. 밤 8시 30분, 남편과 대전역사의 간이 의자에 앉아 서울행 KTX를 기다렸다.

김승희 씨 🌼

오래전 좋아했던 노래를 우연히 들을 때가 있다. 그럴 때 나의 내면은 그때의 기억과 감정과 순간들로 요동친다. 사람도 마찬가지다. 어떤 사람의 이름을 떠올리는 것만으로 내 인생의 한때가 밀물처럼 밀려든다. 김승희 씨를 만난 건 이십 년도 더 전이다.

막 서른을 넘긴 나는 이미 두 아이의 엄마였다. 그리고 그해 혼자 계시던 엄마마저 돌아가셨다. 어찌어찌 아파트 분양을 받게 된 우리 부부는 감당할 수 없는 돈 때문에 1년 정도를 시댁에 얹혀살았다. 소리에 민감한 탓인지 온종일 켜져 있던 TV 소리 때문에 힘들었다. 물론 소리 탓만은 아니겠지만 몸도 마음도 지쳐 갔다.

시댁을 나와 이사를 했다. 그 후 한동안은 아이들이 잠들고 나면 불을 끈 채 어둠 속에 앉아 있곤 했다. 외진 곳에 개발된 아파트라 주변은 칠흑같이 어둡고 고요했다. 어린 나이에 가장이 된 남편은 하루걸러 야근이었고, 어린 나이에 엄마가 된 나는 정작 엄마의 부재를 누구로부터도 위로받지 못했다.

동네에서 알게 된 나와 비슷한 또래의 애 엄마가 독서모임을 같이해 보지 않겠냐고 물었다. 뭐라도 하고 싶어 따라나섰다. 그리고 그곳에서 김승희 씨를 만났다. 김승희 씨는 키가 크고 약간 투박한 외모였는데, 목소리가 참 좋았다. 느릿하고 낮은 목소리. 말하는 중에 '음—' 하면서 뜸을 들이는 모습. 그리고 무엇보다 그의 글이 좋았다.

처음 본 글은 짧은 동화였다. 딸이라며 만날 타박만 하던 할머니가, 손녀가 다쳤다는 말을 전해 듣고 허겁지겁 놀이터로 달려왔다. 울면서 할머니 등에 업힌 손녀 눈에 할머니가 신은 짝짝이 신발이 들어왔다는 얘기였다. 지금은 짝짝이 신발에 대한 에피소드를 다른 데서도 보긴 하는데, 그때는 그 장면이 너무 좋았다.

그 후 오랜 시간을 김승희 씨와 함께 보냈다. 일주일에 한 번씩 만나 얘기하고 밥 먹고 술도 마셨다. 생각해 보면 나는 '이야기'가 아닌 '말'을 했다. 나라는 사람, 부모, 형제, 남편, 시댁, 아이들. 정말 토해내듯 내 말을 했다. 그는 그저 앞에 앉아 내 말을 들어주었다.

김승희 씨는 나보다 네 살이 많았다. 그런데 말을 놓지 않았다. 그가 주로 했던 말은 "네, 그랬군요."였다. 나를 탓하거나 가르치려 들지 않았다. 가만히 지켜볼 뿐. 그가 그런 사람이어서 좋았다.

하지만 지금 나는 그때의 모든 것과 이별했다. 좋아하던 선배도, 친구들과도 연락하지 않는다. 모두가 휴대폰 속 번호로만 남아 있다. 누르기만 하면 언제든 벨은 울리겠지만 쉽게 누르지 못한다. 가끔 그들이 바꿔 올리는 프로필 사진을 보며 '잘살고 있구나'라고 짐작할 뿐이다. 그건 그들에 대한 '배려'이기도 하고, 어쩌면 나 자신의 '이기'이기도 하다.

김승희 씨는 작가가 되었다. 그리고 힘든 투병 생활을 했다. 하지만 지금은 건강하게 잘 지낸다. 퇴근 후 거실에 앉아 〈세계 속으로〉 같은 여행 프로그램을 보기만 한다던 남편과 세계여행도 다녀왔다. 그리고 작년 겨울 눈이 많이 온 밤, 노란색 오리 틀로 귀여운 눈오리를 찍어내고 있는 사진을 자기 프로필에 올렸다. 행복해 보였다.

이별은 천천히 찾아왔다. 다툼도 미움도 없이 그냥 조금씩 멀어진 것이다. 지금까지 많은 사람을 만나고 헤어졌다. 그중 한 사람의 이름을 떠올리면 나와 그 사람의 시간이 밀물처럼 밀려온다.

청소부

한동안 청소 일을 했다. 당장 일이 필요한 무경력자가 할 수 있는 가장 손쉬운 일은 몸을 쓰는 일이었다. 여성센터의 홈페이지를 뒤지다가 구인광고를 보고 바로 전화를 했다. 간단한 이력서—나이와 학력 정도—와 사진을 가지고 찾아가 보라는 답을 들었다.

원장 면접은 5분도 걸리지 않았다. 집이 어디냐, 조금 먼 거 같은데 괜찮겠냐는 질문이 다였다. 학력도, 경력도 필요하지 않았다. 다만 노동할 수 있는 몸이면 됐다. 아파트 단지 안에 있는 사립유치원은 단독 건물이었는데 크기가 상당했다. 쉽지 않겠다는 생각이 들었지만 그래도 어린이들이 쓰는 건물을 청소하게 된 것을 그나마 다행이라 여겼다.

일을 하는 것으로 결정되자 실장이 3층으로 나를 데려갔다. 밖에서 봤던 건물의 넓이 그대로가 실내운동장이었다. 한쪽 벽 전체가 거울이었는데 어찌 보면 춤 연습장처럼 보이기도 했다. 거울 가까이 가보니 기다란 거울의 아래쪽에 단풍잎처럼 작은 손자국이 가득 찍혀 있다.

실장은 구석의 창고를 열어 커다란 청소기를 보여주었다. 드라마에서나 보던 바퀴 달린 원통형 청소기였다.

"여기하고 아까 보신 2층 복도와 화장실, 1층 복도, 현관하고 화장실, 계단, 그리고 원장실까지요. 교실은 선생님들이 하실 거고."

실장이 웃었다. 나는 그 순간 실장의 웃음에서 약간의 미안함을 읽었다고 생각했는데, 사실 일을 그만둘 때까지 그 웃음의 의미를 잘 알지 못했다.

일을 하기로 한 첫날 오후 두 시쯤 유치원에 도착했다. 하원으로 정신없는 1층을 지나 3층으로 갔다. 실장이 지정해준 탈의실은 놀랍게도 벽의 두 면이 유리창인 작은 교실이었는데 아파트 창문들과 마주하고 있었다. 그리고 살펴본 천장에는 CCTV까지 설치되어 있었다. 여기서 옷을 벗고 갈

아입으라고? 잠시 망연한 기분이 들었다. 하지만 별 수 없었다. 몸에 딱 붙는 청바지를 입고 청소를 할 수는 없는 노릇이니 유리창 아래 벽에 최대한 몸을 구기고 앉아서 고무줄 바지와 헐렁한 티셔츠로 갈아입었다. 그리고 전날 실장이 청소하라고 했던 곳들을 쓸고 닦았다.

일을 시작한 얼마 후 실장이 조리실로 나를 데려갔다. 오랫동안 아이들 급식을 담당한 전문가 선생님이라고 소개를 해주었다. 나는 반갑게 인사했다. 유치원에서 그래도 좀 엇비슷한 일을 하는 부류의 사람이라 생각했기 때문이었다. 그런데 막상 조리 담당 선생은 시큰둥한 표정이었다. 나를 보는 태도가 약간은 쌀쌀맞게 느껴지기까지 했다. 나는 당황했다.

청소를 시작하기 전 먼저 할 일은 세탁기를 돌리는 일이었다. 어린이들이 생활하는 곳이라 수건이 가장 많이 나왔고 오줌을 지린 바지, 토를 한 티셔츠가 나오기도 했다. 빨랫거리는 주로 선생님들이 모아서 세탁기에 넣어 놓았는데 청소를 마치고 마지막으로 탈수된 세탁물을 3층 작은 방에 너는 것이 일의 마지막 순서였다.

그런데 언제부턴가 못 보던 어른 앞치마가 세탁물에 섞이기 시작했다. 어떤 이유인지는 모르겠지만 선생님들이 유니폼처럼 입고 있는 앞치마는 선생님들이 각자 알아서 세탁을 했다. 그래서 한 번도 어른의 물건을 세탁기에서 발견한 적이 없었다. 그 앞치마부터 시작해 바지, 티셔츠, 장갑이나 머릿수건 따위가 나오기 시작했다. 짐작건대 조리 담당 선생 물건인 듯 보였다. 기분이 상했다. 시큰둥하고 쌀쌀맞아 보이던 첫날의 인상도 지울 수가 없었다.

어느 날 실장이 조용히 나를 불렀다.

"조리실 앞도 청소를 하셔야 해요. 그리고 화장실도요. 조리 선생님이 거기 청소를 안 하신다고 말씀 좀 해달라고 하더라고요."

한 번도 빠지지 않고 조리실 앞 바닥을 닦았다. 그리고 조리실 옆의 한 칸 화장실도 청소했고. 어이가 없었지만 나는 알았노라 대답했다. 그리고 그동안도 줄곧 하고 있었다는 얘기도 빼먹지 않았다.

1층 현관을 닦고 있을 때쯤이면 항상 조리 담당 선생은 퇴근을 했다. 볼 때마다 옷차림이 멋졌다. 큰 키에 걸맞는 코트와 멋진 구두를 신고 유치원을 나서는 그녀를 보면 찜통 같은 좁은 조리실에서 백 명 넘는 인원이 먹을 음식을 혼자서 만들어 낸다는 걸 상상하기가 쉽지 않았다.

얼마 뒤 실장으로부터 조리실 앞을 청소하라는 말을 다시 듣게 되자 나는 화를 냈다. 그러자 실장이 달래듯 말했다.

"그분이 좀 아파요."

어디가 어떻게 아픈지는 모르겠지만 실장마저도 그 사람 편을 든다는 생각이 드니 별 도리가 없었다. 그리고 무엇보다 그 사람의 속내가 느껴졌다. 그는 나를 자기보다 못한 사람이라 여기고 있구나라는 생각이 들기 시작한 것이다. 그건 참 씁쓸한 기분이었다.

하지만 그 시간이 그리 길진 않았다. 어느 날 출근해 보니 통통한 몸집의 아주머니가 조리실에 있었다. 실장이 재빠르게 올라와 인사를 시켜 주었다. 새로 온 조리 담당 선생님이라고 했다. 나는 인상이 푸근해 뵈는 조리 선생과 인사를 나눴다. 그리고 이 사람하고는 잘 지내고 싶다고 생각했다. 옷을 갈아입고 1층으로 내려가는 나를 따라오며 실장이 말했다.

"암이었어요. 이런 일 오래 한 사람들이 암에 잘 걸려요. 음식 조리하는 일이 폐에 엄청 안 좋다고 하더라고요. 괜찮아야 될 텐데."

실장이 진심으로 걱정했다.

현관과 1층 마루를 다 닦고 화장실로 갔다. 여름이라 그런지, 아니면 변기 바깥으로 오줌을 흘린 건지 지린내가 진동을 했다. 화장실 청소함에서 락스통을 꺼냈다. 파란색 대용량 락스통이다. 이것도 청소 일을 시작하면서 처음 본 것이다. 두 손으로 움켜쥐고 들통에 조심히 따랐다. 그리고 물을 들통 가득 부었다. 바닥용 밀대를 들통에 넣어 푹 적신후 화장실 바닥을 닦기 시작했다. 아무리 연하게 한다고 해도 독한 락스 냄새에 숨이 막힌다. 교실 쪽으로 냄새가 가지 않도록 화장실 문을 닫았다.

그날 오후, 늘 그랬듯 11번 버스를 타고 퇴근을 했다. 덥고 지치는 여름 오후였다. 그 시간의 버스는 종점에서 이미 사람으로 꽉 찬다. 다행히 자리를 잡고 앉았는데, 코트 자락을 날리며 퇴근하던 멋쟁이 조리 담당 선생 생각이 머릿속에서 떠나지 않았다. 평생 직업으로 해왔던 일터에서 암이라는 무서운 병을 얻은 그 사람의 마음은 어땠을까.

먹고 살기 위한 인간의 노력에 대한 배신이라고 생각하지 않았을까? 그래서 나는 막연한 누군가를 원망했다. 그리고 그 선생의 회복을 진심으로 빌었다.

* * *

요즘 들어 급식조리원에 대한 기사를 자주 보게 된다. 기름 요리와 폐암 발생, 산재 처리 문제. 그때는 그런 부분까지는 생각하지 못했다. 사립유치원이라는 소규모 작업장에서 혼자 일하다 병을 얻은 그는 산재 처리를 받았는지, 그리고 지금 건강은 어떤지 이 글을 쓰면서 다시 생각하게 되었다.

상담

　시에서 운영하는 '정신건강 복지센터'에서 전화가 왔다. 홈페이지에 작성한 우울증 테스트 결과 우울증 지수가 위험 단계이니 상담을 받아야 한다는 것이다. 사실 몇 주 내내 우울과 분노에 가득 차 있었다. 해결되지 않는 가족 간의 문제 때문에 너무 화가 났다. 겨우 추스른 생활이 엉망으로 흐트러지는 기분이었다. 처음으로 그런 생각을 했다. 약이 있다면 먹고 낫고 싶다는.

　그 와중에 중년 어르신들의 마음을 살펴 주겠다는 정신건강 복지센터 광고를 보게 됐다. 그래서 홈페이지를 찾아 들어가 우울증 테스트를 해 본 것이다.

"선생님 좋은 시간을 정하세요."

괜찮다는 나에게 담당자가 방문을 권했다. 몇 번이나 거절했는데도 꼭 와야 한다는 것이다. 나는 시간을 정했다.

복지센터는 작은 건물의 2층에 있었다. 이름을 대자 통화했던 담당 선생이 나왔다. 선생은 작은 방으로 나를 안내했다. 동그란 탁자 하나와 의자 두 개, 그리고 휴지가 놓여 있다. 마주 앉은 상담사를 보니 너무 젊다. 아, 저 사람에게 내가 무슨 얘기를 할 수 있을까. 내가 하는 얘기를 이해할 수나 있으려나. 잠깐 괜히 왔다는 생각이 들었다.

젊은 상담 선생은 웃지도 찌푸리지도 않았다. 그냥 덤덤한 표정으로 나에게 우울한 이유를 묻고 어떤 일이 있었는지를 물었다. 나는 괜히 왔다는 생각과는 별도로 그냥 얘기하기로 마음먹었다. 어차피 약속을 잡은 것도, 오기로 마음먹은 것도 나였다. 더구나 아무리 나이가 어려도 자격이 있는 사람일 테니 크게 아쉬울 것도 없다는 생각이 들었다. 상담 선생은 중간중간 짧은 질문을 던지긴 했지만 어떤 식으로든 단정적인 표현은 하지 않았다. 긍정도 부정도 하지 않고, 생각조차 읽히지 않는 표정으로 앉아 내 얘기를 들었다.

애기를 듣고 난 상담 선생이 관내의 병원을 연결해 주겠다며 나를 남겨 두고 방을 나갔다. 선생이 나간 사이 한 평도 안 되는 좁은 방을 휘둘러보았다. 아무런 장식도 없이 덩그러니 휴지만 놓여 있는 탁자, 아마 자신의 애기를 털어놓다가 울음이라도 터지면 닦으라는 의미겠지 싶었다.

가만 생각해 보니 눈물을 흘린 기억도 까마득하다. 나이가 드니 감정도 눈물도 다 말라 버린 것만 같다. 예전에는 자주 울었다. 내 애기뿐 아니라 남의 애기를 듣다가도 울컥했다. 하지만 언제부턴가 눈물이 나지 않는다. 나이가 들어 눈물샘이 마르기도 했겠지만 우는 것이 도움도 안 되고, 그다지 유쾌한 경험도 아니었다. 그러니 내담자를 배려해 놔둔 부드러운 휴지도 나처럼 버석거리는 감정의 소유자에겐 무용지물이다.

상담 선생이 몇 군데 병원의 전화번호를 적어 와 자기 명함과 함께 내밀었다.

"이곳에서 진료를 받으시면 저희가 진료비 부담도 덜어드리거든요."

나는 그 병원 진료라는 것이 어떤 것인지 물었다. 내가 생각하는 상담은 아니고 간단한 진료 후 약물치료를 할 거라는 얘기였다. 우울증도 일종의 병이니 초기에 약물을 쓰면 호전된다는 것이다.

메모지와 명함을 받아들고 '정신건강 복지센터'를 나왔다. 성과가 그리 없었다는 생각은 들지 않았다. 특히 그중 상담 선생이 권한, 여의사가 운영한다는 정신과 의원이 마음에 들었다. 여의사이니 갱년기 여성에 대한 이해도가 높을 거라는 설명이었다.

하긴, 며칠 전만 해도 빨간약을 바르듯 상처를 낫게 해줄 마음의 약을 찾고 있지 않았던가.

정신건강 복지센터에 다녀온 지도 시간이 좀 흘렀다. 병원은 결국 가지 않았다. 대신 심리를 다루는 강의를 듣고 있다. 단호함, 냉정함, 결단력, 그리고 건강한 체념, 달관의 마음 같은 낱말을 적어서 책상에 붙여 두었다. 하루에 몇 번씩 메모지를 읽는다. 그리고 늘 그 말을 떠올린다. "피하세요."

꽤 많은 심리상담가, 의사들이 '그럴 땐 피하세요'라는 말을 했다. 처방을 기대하고 있던 나는 좀 실망했다. 피하라는 말이 왠지 패배를 인정하라는 말처럼 들렸기 때문이다. 하지만 곰곰이 생각하니 그리 틀린 말도 아니라는 생각이 들었다. 그리고 그건 상대에게 지는 일도 아니었다.

맞는지 모르겠지만 바위에 달걀을 던지는 수고조차를 하지 말라는 얘기라고, 내 식대로 이해해 버렸다. 커다란 바위에 달걀을 던지면서 왜 끄떡도 하지 않느냐고 화를 내봐야 무슨 소용일까. 사람은 변하지 않는다. 살면서 겪은 바에 의하면 그것은 진리에 가깝다. 나조차도 나를 바꾸기 쉽지 않은데 내가 누구를 바꾸려 한단 말인가. 그냥 피하는 게 상책이다.

중국의 병법서 『36계』의 마지막 36계는 주위상(走爲上), 즉 도망치는 것도 뛰어난 전략이라고 적고 있다. 강한 적과 싸울 때는 퇴각하여 다시 공격할 기회를 기다리는 것도 허물이 되지 않으며, 도주는 자주 사용되는 군사전략의 하나라고 한다. 물론 "피하세요."와 36계의 '주위상'은 다른 뜻을 내포하고 있긴 하다. 36계는 다음의 싸움을 위한 것이지만 피하는 건 상대에 개의치 않는 것이다. 존재를 무시하는 것이다. 하지만 어쨌든 마주쳐 부딪치는 것만은 피하라는 공통점이 있다.

일단 그렇게 해보기로 했다. 그동안 피하지도 못한 채 소용없는 달걀을 던져 댄 것은 어쩌면 단절이 두려워서가 아니었을까. 나 좀 봐 달라는 마음은 아니었을까. 하지만 이제 그것마저도 내려놓을 수 있다면 진정한 '피함'을 할 수 있을 것도 같다.

그리고 무엇보다 상담사가 내민 메모지는 공책 속에 잘 끼워 두었다. 그건 꼭 필요할 때 요긴하게 쓰일 것이다.

면접

면접을 보는 일은 항상 어렵다. 몇 번을 반복해도 익숙해지지 않는 것 중 하나다. 대답을 위해 외워 두었던 말들이 막 뒤섞이다가 한순간 백지가 되기도 한다. 심장이 뛰고 손끝은 차갑다. 아무리 애써도 면접 대기실에 앉아 순서를 기다릴 때면 약자가 되는 기분을 떨칠 수 없다.

얼마 전 중년을 위한 일자리 교육을 받았다. 오전부터 오후까지 꽤 긴 시간이었다. 교육장 옆에 있는 작은 식당에 점심까지 마련되어 있었다. 프로그램을 담당한 선생님과 한자리에 앉아 밥을 먹게 됐는데, 얘기를 나눠 보니 상냥한 사람이었다.

몇 주 뒤 담당 선생님의 전화를 받았다. 내가 원하던 일자리가 있으니 서류를 접수해 보라는 얘기였다. 그날 같이 밥을 먹으며 나눴던 소소한 이야기들을 기억하고 전화를 준 것이다. 그 마음이 고맙기도 해 서류 작성을 시작했다. 물론 해보고 싶은 일이기도 했다. 하지만 자신은 없었다. 나이도 많고 실무 경험도 없기 때문이다.

2주가 지나고 서류전형 합격 여부를 확인하라는 문자가 왔다. 업체의 홈페이지에 들어가 보니 전화번호 끝자리와 한 글자가 지워진 내 이름이 있었다. 그때부터 고민이 시작됐다. 몇 번의 면접 경험 때문이었다. 면접 때 느꼈던 긴장과 불안이 고스란히 떠올랐다. 그리고 하나 더, 면접을 위한 면접자가 되었다는 느낌을 받고 나올 때의 속상함까지도. 이런 생각을 할 바엔 애초에 서류를 내지 말 것을, 하는 생각까지 했다.

회사는 선릉역 근처. 정말 오랜만에 한강 너머 강남으로 향했다. 지하철을 두 번 갈아타는 과정을 잘 해내기 위해 어느 때보다 정신을 바짝 차려야 했다. 나의 외출이 시들해져 있는 사이 지하철 노선은 아주 복잡해져 있었다. 인천과 수

원을 오가고, 신촌과 홍대를, 경복궁을 거처 일산으로, 충무로 대한극장에서 광화문 교보문고를 가던, 한때 내 생활권 안에 있다고 생각했던 지하철 노선표가 복잡한 거미줄 형태에 가까워져 있었다. 낯선 지명이 많아졌고, 무엇보다 노안으로 인해 작고 복잡한 노선표 보는 일도 힘에 부쳤다.

회사에 도착하자 화장실에 들렀다. 그리고 신고 간 운동화를 구두로 바꿔 신고 재킷도 꺼내서 입었다. 검게 염색한 사이로 얼핏얼핏 흰 머리칼이 보인다. 면접관 눈에 나는 어떤 사람으로 보일까. 거울 앞에 서서 생각해 보았다.

대기실은 추웠다. 에어컨 바람 때문만은 아니었다. 모두 침묵했고 띄엄띄엄 앉아 있는 사람들 사이의 공간도 너무 멀었다. 혼자 만들어 본 질문과 답을 읽으며 순서를 기다렸다. 생각이 엉켰다가 백지가 되는 과정을 되풀이하는 동안 면접을 끝낸 사람들은 제출해 두었던 자신의 휴대폰을 찾아들고 하나둘 떠나갔다.

면접관은 젊은 남자 하나, 코끝에 돋보기를 걸친 나이 든 남자 하나, 그렇게 둘이었다. 자신감은 이미 대기실에 놓고 왔다. 블라인드 채용이 꼭 좋은 것만은 아니라 생각될 정도로 내가 가장 늙어 보였기 때문이다. 이심전심이었나. 젊은 면접관이 마스크를 잠깐 내려봐 주시라 했다. 신분 확인은 대기실 직원이 다 했으니 그럴 리는 없고 내 얼굴에 묻은 세월을 확인하고 싶은 모양이구나 생각이 들었다. 그리고 그 옆에 앉은, 나보다 더 늙어 보이는 남자 면접관이 말했다.

"아, 이런 교육을 받았으면 학습지 같은 거 했겠네요?"

학습지 같은 거라니. 그의 말투에 기분이 팍 상했다. 나는 면접관에게 천천히 설명했다. 그건 도서관에서 하는 봉사 프로그램 교육이며, 나는 성실히 교육을 받은 후에 학교에서 아이들에게 책 읽어 주는 봉사활동을 했다고. 그러자 그 면접관이 삐죽 웃으며 다시 말했다.

"실무 경험보다는 교육받고 봉사활동을 많이 하셨네요."

그렇다고 대답했다.

면접의 마지막 조가 안내 직원을 따라 나가 버린 면접 대기실은 텅 비어 있었다. 제출해 두었던 휴대폰을 찾아들고 자리에 앉아 신발을 갈아 신었다. 재킷은 벗어서 종이봉투에 넣고 바지춤에 넣었던 블라우스도 잡아 빼 편하게 고쳐

입었다. 대기실을 나서니 면접실 앞 의자에 앉아 순서를 기다리던 여섯 명의 젊은이들이 힐끔거리며 나를 쳐다보았다.

다시 지하철을 타고 집으로 향했다. 지하철은 잠실을 지나 한강을 가로지른다. 강의 수면은 쏟아지는 햇살에 무한히 반짝인다.

취업 준비 중에 몇 번씩 면접을 보러 다니던 두 아이가 떠올랐다. 아마 나보다 더하면 더했지 덜하진 않았으리라 생각하니 마음이 쓰라렸다. 그래도 그 과정을 겪어내고 직장을 구하고 자리를 잡은 아이들이 새삼 고맙고 대견하다.

뽑아 주기만 한다면 충분히 할 수 있는 일인데, 그리고 마음에 안 들면 낙방시키면 그만일 것을 그리 삐딱한 시선으로 상대를 후벼팔 이유가 있을까? 코끝에 돋보기를 걸치고 빼꼼히 쳐다보던 면접관을 떠올리니 입맛이 썼다. 하지만 잊기로 했다. 오랜만에 지나며 바라본 한강은 여전히 푸르러 아름답고, 나는 일을 할 마음이 있으니 언젠가 다른 기회가 찾아올 거라 생각했다.

나는 요즘

생활의 반경이 조금씩 줄어 시내로 나가는 일이 극히 드물어졌다. 사람들 틈에 섞여 밀려가고 밀려오던 날들이 까마득한 옛날처럼 느껴진다. 작은 필요 하나로 사방을 달려다니던 젊은 나의 모습도 흐릿하다. 두세 번씩 갈아타고 오가던 지하철 안에서도 피곤을 느끼기는커녕 상념에 젖거나 인생에 대해 고민했다. 그리고 가끔은 술에 취해 눈을 껌벅거리며 내려야 할 곳을 기억해 내려 애쓰는 우스꽝스런 모습도 그 안에 있다.

지금은 대부분의 일을 집 근처에서 해결한다. 집이 있는 경기도의 작은 시와 접경 지역인 서울시의 한 구(區)를 넘나

들며 꼭 해야 할 것들만 한다. 먹는 일, 공부하는 일, 가끔 파트타임으로 하는 일까지.

그만큼 사람과의 관계도 달라졌다. 힘써 만나러 가던 친구들은 사이가 멀어졌고, 가까운 곳에서 만난 사람들과 일상을 나눈다. 깊이는 없을지 몰라도 사람에 대한 피로감은 덜하다. 그런데 한동안은 그래서 외로웠다. 깊이 있는 관계는 기피하면서 마음속 깊은 고민을 나눌 사람을 원했다. 그야말로 겉 다르고 속 다른 감정이었다. 일상을 나누는 것도 좋으나 가끔은 내 속의 아픔도 나누고 싶었던 것이다. 하지만 그러려면 용기가 필요했다.

그런데 요즘, 나는 좀처럼 용기를 내지 않는다. 사람을 욕심내면 그 대가가 따른다는 걸 알고 있기 때문이다. 그리고 이제는 굳이 그러지 않아도 그럭저럭 살아진다는 것 또한 안다.

한때의 사랑, 한때의 우정. 이 사람이 아니면, 이 친구가 아니면 죽을 것 같던 시간도 말 그대로 흘러갔다. "시간이 해결해 줄 거야."라는 충고가 너무나 무성의하게 들렸던 것도 젊기 때문이었다. 하지만 지금 아픔에 대한 기억도 흐릿해져 가는 걸 보면, 그때는 무성의해 보였던 그 충고가 꽤 적절했다는 생각이 든다.

　사람과 쉽게 친해지기도 하고 쉽게 어그러지기도 했다. 너무 좋아서 만나다가 얼음장 같은 마음으로 돌아서기도 했다. 상처를 주기도, 상처를 받기도 하면서 세월을 지났다.
　나는 요즘, 일상을 나누는 사람들과 잘 지낸다. 많은 것을 바라지 않는다.

규화목단백석

화진포 생태박물관에서 규화목단백석을 보았다. 이름이 특이하고 낯설었다. 목(木)이면 나무인데, 석(石)은 돌을 뜻하는 것이니, 나무이기도 하고 돌이기도 하다는 의미려니 싶었다.

투명 유리 상자 안에 전시된 규화목은 눈을 떼기 힘들 정도로 아름다웠다. 유백색과 검정색 그리고 약간의 붉은색이 섞인 매끄러운 표면은 전시 등 불빛에 반사되어 투명하게 빛났다. 크기가 작은 규화목은 세로로, 조금 큰 규화목은 가로로 두었는데, 외양은 완벽하게 나무다.

2억 년~1억 5천만 년 전 지구에는 화산 폭발로 용암이 흘러내렸다. 그때 마그마가 나무 군락을 덮쳤고 나무의 빈 공간에 용암이 채워져 만들어진 광물이 규화목단백석 화석이다. 규화목화석이란 규산 성분에 의해서 나무는 상태를 그대로 유지하며 성분만 변한 화석을 말한다.

전시물 옆에 따로 적어 둔 설명을 읽어 보았는데 쉽게 이해가 되지 않았다. 그래서 그냥 눈으로 보고 사진 몇 장을 찍고는 돌아왔다. 집에 도착해서도 규화목이 생각났다. 같이 전시돼 있던 물고기 화석이나 조개 화석 같은 것은 지구의 시간을 떠올리게 했지만 규화목은 그것과는 좀 다르게 느껴졌다. 하나의 생물이 다른 요인에 의해 정체성을 잃어버린 것이라는 생각이 들었다. 외양의 울퉁불퉁한 결마저 없었다면 그것이 나무였다는 사실을 떠올리기 어려운 물질이 되어 버린 것이다. 그건 아름답기는 했지만 좀 짠한 일이기도 했다.

수억 년 전 지구의 표면은 수많은 뒤집기를 했다. 용암이 분출하고 물이 흐르면 대륙이 사라지기도 하고 또 생겨나기도 했다. 생물들은 멸하거나 성하면서 지구의 시간을 견뎌

왔다.

그 과정에서 한 나무가 퇴적물에 갇힌다. 산소가 부족한 퇴적물 속에서도 나무는 살아 있는 동안은 호흡을 해야 했다. 그 호흡을 따라 몸의 줄기로 광물이 포함된 물이 빨려들어 온다. 몸으로 들어온 광물은 나무의 작은 세포에 서서히 쌓이기 시작한다.

광물의 종류는 다양하다. 석영이나 규산염일 수도 있고 탄소, 코발트, 크로뮴, 고무일 수도 있다. 그리고 망가니즈나 철이 들어올 수도 있다. 어떤 광물을 호흡했느냐에 따라 나무는 다른 색깔의 옷을 입게 된다.

규산염 계열이면 유백색이 되고 탄소는 검은색, 코발트나 크로뮴, 고무를 호흡했다면 초록색이나 푸른색이 된다. 그리고 망가니즈는 분홍이나 오렌지 색을 띠게 되고, 철이 들어오면 붉은 계열의 색을 띠게 되는 것이다. 어쨌든 나무는 결국 호흡을 멈춘다. 그리고 오랜 시간을 견뎌 규화목이라는 화석으로 남는다.

자료를 찾아보고 난 뒤 규화목에 대해 이렇게 정리를 해보았다. 그러고 보니 그날 화진포에서 본 규화목단백석은 규산과 탄소, 철을 호흡했을 것이라는 짐작이 들었다. 특히 작은 규화목은 거의 유백색이었는데, 아마도 규산염이 포함된 수분을 있는 힘껏 빨아들였겠구나 싶었다.

가끔 휴대폰을 열어 그때 찍어 둔 규화목 사진을 본다. 그리고 어떤 목숨의 생(生)에 대해 생각한다. 자신을 덮친 퇴적물에 짓눌려 산소가 완전히 사라지고 나면 어느 날 목숨이야 다하겠지만, 어쨌든 숨을 쉬는 동안은 있는 힘껏 살아낸다.

그 후의 일은 내 것이 아니다. 단백석이 되어 오팔이라는 보석으로 사랑을 받든, 아니면 파도치는 화진포 바다 옆 작은 박물관에 전시되어 생의 잔인함을 증명하고 있든, 모두가 지금을 살아 낸 다음의 일이라는 것.

그때의 기분

문득 그런 생각이 들었다. '힘들었겠구나'라는.

미워만 했지 이해해 보려 하지 않았다. 이해는커녕 그 사람을 떠올리기만 해도 화가 났다. 아무리 생각해 봐도 이기적인 사람이라 여겨졌다. 자기밖에 모르고 그래서 자기 인생만 살아가는 사람이라서 나를 힘들게 한다고 생각했다.

중학생 때쯤이었을까? 엄마는 집에 없고 나는 칼을 들고 뭔가를 하고 있었다. 과일을 깎았거나 고구마 껍질을 벗기고 있었을지도 모르겠다. 서툰 손길에 삭! 한순간 손가락을 베고 말았다. 손톱까지 잘릴 정도로 깊은 상처였다. 피가 흘러내렸다. 원래도 겁이 많은 나는 멈추지 않는 피를 보며 덜덜

떨었다. 약을 바르고 붕대를 감았던가. 아마 그렇게 했을 것이다.

그때였다. 친구가 그를 불러냈다. 나는 엄마도 없는 집에 혼자 있기 싫었다. 붕대를 감았어도 피가 배어 나왔다. 함께 있어 달라는 말도 못하고 다친 손가락만 붙잡고 있던 나에게 그는 다녀오겠다며 쌩하니 나가 버렸다. 나는 혼자 앉아 엉엉 울었다.

그때부터였을까? 살면서 그와 부딪칠 때마다 그때의 기분을 되새기곤 했다. 어른이 되어서도 마찬가지였다.

그와 나 사이는 나쁘진 않았지만 늘 뭔가가 있었다. 싸우고 화해하고 속을 터놓고 사과해 놓고는 또다시 돌아서기를 오랫동안 반복했다. 그러다 어느 날 정말 끝이 났다. 조용히, 정작 싸움도 없이. 우리는 연락을 끊었다. 한 번도 서로의 안부를 묻지 않았다. 그렇게 시간이 흘렀다. 가끔 생각날 때면 '다 이러고 사는 거지 뭐, 다들 말을 안 할 뿐이지 가족이란 게 그렇지.' 했다.

그렇게 시간을 보냈다. 미웠던 마음도, 때때로 느끼던 서운함도, 참을 수 없던 분노도 서서히 삭고 있다. 그렇다 해서 달라질 건 없다. 그런 마음들이 삭아 들듯 그 반대편에 있던 마음 또한 함께 삭아 내리고 있으니 말이다.

어느 날이었다. 문득 '너도 힘들었겠구나'라는 생각이 떠올랐다. 미움과 애처로운 마음의 경계를 넘나들게 하던 그의 인생과 그런 그의 곁에서 미워할 수도, 사랑할 수도 없는 감정의 혼란을 겪던 가족으로서의 나, 그런 관계였다. 그런데 어느 순간 의도도 없이 그런 생각이 불쑥 떠오르는 것이다. 나는 그것을 '통찰의 순간'이라 생각했다.

이해라는 것을 하기 위해서 세세하게 생각해야 했다. 하나하나 따져 보고 상대방의 입장을 돌이켜 보는 것이다. 그런데 그러다 보면 어느 순간 딱 막혀 버린다. 도루묵이다. 나는 그가 아니고, 그도 내가 아니기 때문에 더 이상은 어렵다. 그러니 아마 죽을 때까지 서로를 이해하지 못할 것이라 결론 맺고 만다.

하지만 그날, 인생을 살다가 어느 하루 문득 그런 통찰의 순간이 다가왔을 때, 그때 그 사람이 조금은 보였다.

— 베인 손가락에 약도 발라 주었고 서툰 솜씨지만 붕대

도 꼭꼭 매주었다. 피가 멈추지 않아 조금 걱정이긴 한데 친구를 꼭 만나고 싶다. 나갔다 금방 돌아올 거고 그사이에 엄마가 집에 돌아올지도 모른다. 그리고 동생은 다 컸다. 나하고 기껏 두 살 차이밖에 안 난다. ─

당시의 내 기분은 외로움이었다. 아픔을 함께해 주지 않은 것에 대한 서운함이었다. 살면서 자주 이기적이라 여기고 미워했다. 하지만 지금의 내 기분은 이렇다.

─ 나도 어렸지만 생각해 보니 너도 어렸다. 우리는 이렇게 저렇게 어른이 되었고 각자의 인생을 산다. 그럼 됐다. 서로 이해를 바라지는 말고 느닷없이 찾아오는 통찰에 마음을 맡기자. 그러자. ─

복도에서 함께

코로나 때문에 하던 일이 중단되었다. 가계에 크게 보탬이 되는 일은 아니었지만 그래도 아쉬웠다. 그렇게 집에 있던 중에 근처 유치원에서 아이들 체온을 재고 소독해 줄 사람을 구한다는 사실을 알게 되었다. 갑자기 닥친 코로나라는 전염병 때문에 생긴 일자리였다. 몇 년 전부터 유치원에서 책도 읽어 주고 활동도 하는 봉사를 하고 있었기 때문에 별로 어렵지 않게 일을 시작할 수 있었다.

나는 아이들이 등원하기 전 먼저 출근해서 체온계와 출석부, 소독솜을 준비하고 아이들을 맞는다. 그리고 아이들과 아이들을 데리고 온 학부모의 체온을 재고 기록한다. 그렇게 아이들이 모두 등원하고 나면 유치원으로 들어가서 복도나 교실에서 아이들이 마스크를 잘 쓰고 다니는지, 화장실을 다녀오면 손을 꼭 씻는지 살피는 일을 하는 것이다.

처음 며칠 동안은 아이들 이름과 얼굴을 익히는 데 애를 썼다. 다행히 초등학교에 있는 병설유치원이라 인원이 많지는 않았지만 어쨌든 5세, 6세, 7세 반이니 각 반의 출석부를 자주 들여다보며 아이들의 특징을 하나씩 떠올려보곤 했다.

정원이는 만 세 살, 우리 나이로는 다섯 살 남자아이였다. 정원이를 처음 봤을 때 좀 놀랐다. 키가 크고 마치 곧은 나무처럼 꼿꼿한 자세로 걷는 여자 뒤를 느릿느릿 따라왔는데, 두 사람의 거리가 보통의 엄마와 아들의 거리로는 보이지 않았기 때문이다.

바쁜 모양새로 앞서서 걸어오는 커트 머리의 여자는 표정이 거의 없었고 아이는 늘 흐트러진 자세로 먼발치서 따라왔다. 아이는 머리칼이 곤두서 있거나 걸쳐 입은 점퍼가 등 뒤로 반쯤 벗겨져 있거나, 아니면 울음과 짜증이 섞여 있는 얼굴이었다. 여자는 항상 아이보다 먼저 걸어와 내 앞에 서서 열을 재고는 정원이를 재촉했다. 빨리 와, 인사해야지. 잘

갔다 와, 이따 이모가 올게.

아, 그나마 여자가 엄마가 아니라 다행이라 생각했다. 억양도, 높낮이도 없는 말투가 너무나 싸늘해서 마음이 아렸다. 늘 웃고 신이 나서 뛰어오는 아이들을 보면 예쁘고 덩달아 기분까지 좋아졌지만 나는 자꾸만 정원이한테 눈길이 갔다. 복도를 오가며 교실을 살피는데 정원이를 눈여겨보게 되는 것이다. 정원이는 선생님 속을 썩이는 아이였다. 무엇 때문인지 아이들과도 잘 어울리지 못해 자주 혼자 놀고 있었다.

나와 함께 아이들 등원을 돕는 선생님이 있었다. 어느 날 조심스럽게 정원이에 대해 물어보았다. 이모라 불리는 사람은 아이들 등원을 돕는 도우미라고 했다. 일하는 부모들을 위해 등하원 도우미 일을 하는 분이라는 것이다. 그리고 정원이와 정원이 부모, 먼저 이 유치원을 졸업하고 초등학생이 된 정원이 형에 대해서도 말해 주었다. 정원이 형도 정원이 못지않게 선생님들을 힘들게 했다는 것이다.

부모에게 정원이의 상태에 대해서, 그리고 도우미 하는

분의 태도에 대해서 여러 번 얘기했는데도 신경 쓰지 않는 것 같다며 고개를 흔들었다. 한마디로 정원이네 가족 모두가 골칫덩이로 여겨지고 있었다. 한 번도 보지 못한 정원이의 부모가 궁금해졌다. 사업을 하는, 돈이 많은 엄마라는 얘기도 선생님이 해 주었다.

유치원은 초등학교에 딸린 병설유치원이라서 세 개의 교실이 일렬로 늘어선 게 초등학교 교실과 크게 다르지 않았다. 교실 앞으로 길게 복도가 있는데 한쪽으로는 사물함이 있고 복도 끝에는 화장실과 작은 도서관이 있다. 화장실 옆으로 아이들 키에 맞춤한 낮은 수도가 있고 맞은편으로는 긴 의자가 놓여 있다.

아침에 체온 재는 일이 끝나면 나는 그 의자에 앉아 아이들 손에 소독약을 짜 주거나 화장실에 다녀온 후 손을 잘 씻고 교실로 가는지 살폈다. 그리고 틈틈이 도서관에서 그림책을 가져다 읽기도 했다.

가장 어린 정원이네 반은 선생님이 아이들 모두를 데리고 화장실에 온다. 긴 의자에 쪼르르 앉아 차례차례 손을 소독하고 한 사람씩 화장실에 간다. 그리고 바깥 놀이를 하고 오면 또 복도 의자에 앉았다가 차례로 수도에서 손을 씻는다.

나는 선생님을 도와 아이들을 돌봤는데 정원이는 늘 딴짓을 했다. 주로 혼잣말을 하고 선생님 물음에 엉뚱한 대답을, 그것도 반말을 해대거나 상대가 알아듣기 어려울 정도의 작은 소리로 웅얼거렸다. 티를 내지는 않았지만 선생님은 정원이를 힘들어했다.

그날도 바깥 놀이를 마치고 선생님이 아이들을 데리고 왔다. 손을 씻고 교실로 들어가야 하는데 정원이가 떼를 쓰기 시작했다. 바깥 놀이 중에 무슨 일이 있었는지 씻지도 않고 교실도 가지 않겠다는 것이다. 다음 시간을 진행할 수 없으니 선생님은 난감한 얼굴이다. 선생님이 아무리 달래고 얼러도 정원이는 고집을 피웠다.

조심스럽게 선생님에게 말했다. 여기서 정원이를 보고 있을 테니 조금 있다가 데리러 오면 어떻겠냐고. 의외로 선생님이 반색을 했다. 나는 그렇게 정원이와 함께 복도 의자에 앉았다. 문을 열어 둔 교실들에서 떠드는 아이들 소리가 들려온다. 말없이 가만히 있자니 정원이가 내 앞을 왔다 갔다 한다. 그러다 내 옆에 앉았다가 다시 의자에서 반쯤 일어나 창틀에 몸을 기대고 창밖을 본다.

정원아.

내가 불렀다. 그러자 정원이가 말한다.

나 정원이 아닌데, 나 괴물인데.

오호! 정원인 줄 알았는데 아니었네. 그럼 너 무슨 괴물이야? 나한테만 알려줘 봐.

음, 나는 박쥐괴물이야. 날아다니는 박쥐괴물.

아, 그렇구나. 정원이가 아니라 박쥐괴물이었구나. 그럼 어디 박쥐괴물이 어떻게 생겼는지 한번 봐 볼까?

나는 두 손으로 정원이 얼굴을 감쌌다. 정원이가 가만히 있다. 작은 눈, 작은 코, 작은 입.

이크, 무서워. 맞네, 정원이가 아니고 박쥐괴물이었네. 그럼 박쥐괴물, 아까 어디 갔다 온 거야?

저기랑, 저기랑 다.

정원이가 창밖 우거진 나무들을 가리키며 웃는다.

오, 박쥐괴물. 웃으니까 아주 예쁜데?

나는 여전히 흐트러져 있는 정원이의 머리를 쓰다듬어 주었다.

선생님이 아이들을 데리고 다시 복도로 나왔다. 아이들이 우르르 몰려와 의자에 앉아 있는 정원이와 나를 둘러싸고 쳐다본다.

애들아, 얘는 정원이가 아니고 박쥐괴물이야. 아까 저기 갔다 오느라 좀 늦었는데 박쥐괴물은 이제 교실로 들어갈 거래.

박쥐괴물이요?

아이들이 웃음을 터트린다. 그러자 한 녀석이 나도 괴물인데! 아니, 나는 공룡인데! 하면서 아우성이다. 선생님이 정원이 손을 잡았다. 정원이도 순순히 선생님 손을 잡는다. 아이들이 서로서로 선생님 손을 잡으려 다툰다. 정원이 손을 잡고 교실로 가려던 선생님이 나를 돌아보며 어떻게 하신 거예요? 속삭였다. 나는 그냥 웃었다.

유치원과의 계약이 거의 끝나갈 때쯤 딱 한 번 정원이 엄마를 보았다. 긴 머리에 몸에 딱 붙는 티셔츠를 입은 날씬하고 예쁜, 젊은 엄마였다. 부자인지는 잘 모르겠지만 다른 무엇보다도 자신의 인생에만 골몰해 있는 사람 같아 보였다. 늘 부스스한 모습의 정원이가 떠올랐다.

시간이 흐른 어느 날, 젊고 예쁘던 엄마는 아름답고 성숙한 부모가 되었다는 이야기를 들었으면 좋겠다고 생각했다. 많이 늦어 버리기 전에.

시|poetry

이창동 감독의 〈시poetry〉라는 영화가 개봉됐을 때 보고 싶기도 하고, 한편으로는 보고 싶지 않은 마음도 있었다. 이 창동 감독의 영화를 좋아하니까 보고 싶었고, 할머니가 시를 배우러 다닌다는 내용이라 보고 싶지 않기도 했다. 노인을 주인공으로 하는 영화들에서 신파로 소비되곤 하는 늙은 인생을 혹 이창동의 영화에서도 보게 될까 싶어서였다. 그러다 결국 영화는 보지 않았다. 기회가 되면 한번 찾아서 보지 뭐, 생각만 하고 말았다. 그런데 얼마 전 동네 도서관에 갔다가 영화 〈詩〉의 각본집을 발견했다. 막 들어온 신간이었다.

드물긴 하지만 가끔 각본을 읽는다. 학생 때 우연히 각본 읽는 재미를 알게 됐다. 각본은 극의 내용이 온전히 인물들의 대사로만 전개된다. 그리고 배우들의 행동이나 표정, 장소나 무대장치를 지문을 통해 읽으며 상상한다. 당장 눈앞에 펼쳐지는 극이 아닌 오로지 상상하는 극이 되는 건데, 그 재미가 소설을 읽는 것과는 또 달랐다.

처음에는 셰익스피어의 비극 같은 고전들을 읽었다. 그러다 나중엔 어린이극의 창작 각본까지도 읽게 됐다. 한동안 각본 읽는 재미에 빠진 것이다. 아무튼, 그랬지만 그 후엔 그때만큼 찾아 읽지는 못했다. 드문드문 책으로 제작돼 나오는 드라마 각본을 읽는 게 다였다.

영화 〈시〉의 각본집을 발견하고는 반가운 마음에 뽑아 들었다. 사나운 바람에 머리칼이 흐트러진 늙은 배우 윤정희가 수첩과 펜을 쥐고 앉아 저 아래 어딘가를 응시하고 있는 사진이 책의 표지였다. 윤기 없이 마르고 주름진 피부, 탄력 없이 늘어져 반쯤 내려앉은 눈꺼풀은 노인만이 갖는 얼굴의 특징을 고스란히 드러낸다. 검버섯이 핀 손등과 팔목, 그 손가락 사이에 쥐고 있는 펜, 일자로 굳게 다문 입과 보이지 않는 눈동자.

표지의 분위기가 너무 스산해 마음이 좋지 않았다. 더구나 얼마 전부터 배우 윤정희의 가정사가 인터넷 기사에 오르내리는 중이었다. 물론 책의 표지는 당시 영화의 한 장면이거나 작가의 연출이었을 것이다. 그러나 정작 본인이 치매를 앓는 유명 여배우가 되고, 그런 자신을 중심에 둔 가족들의 갈등이 대중매체에 오르내리는 가십거리가 될 거라는 사실을 이 영화를 찍을 때만 해도 미처 생각 못했겠지.

이런저런 생각들이 중첩되니 참 씁쓸해졌다. 『시』를 빌려 집으로 왔다. 〈시〉의 주인공 미자가 시를 배우러 문화원을 찾았던 것처럼 마침 나도 소설 한 편을 써보겠다며 도서관을 들락거리던 차였다.

미자가 다니는 문화원의 시 쓰기 강좌에 모인 사람들은 다양하다. 중년의 남자도 있고 여자도 있다. 좀 더 젊은 남자와 여자도 있고 노인도 있다. 선생인 김 시인은 시를 쓰려면 뭐든 잘 보라고 말한다. 미자는 김 시인이 하는 얘기를 하나도 빼먹지 않고 실천한다. 뭐든 잘 들여다보고 하나하나 수

첩에 적으려 애쓴다. 시를 꼭 쓰고 싶기 때문이다. 하지만 시는 좀처럼 미자를 찾아오지 않았다.

"너무 어려워요. 아무리 쓰려고 애를 써도 어떻게 시를 써야 할지 모르겠어요. …… 선생님이 수업 시간에 그러셨잖아요. 누구나 가슴속에 시를 품고 있다고……. 가슴속에 갇혀 있는 시가 날개를 달고 날아오를 수 있다고……."

절실하게 시를 묻는 노인 미자의 말에 함께 수업을 듣는 사람들은 킬킬거리며 웃는다. 그런데 그런 미자에게 찾아온 건 시가 아니라 치매라는 병과 홀로 키워 온 손자가 저지른 끔찍한 성폭력 사건이었다. 미자의 삶은 조금씩 무너진다. 그래도 여전히 시를 붙잡으려 한다. 김 시인의 말대로 뭐든 잘 보려 애쓴다. 그러다 보니 그동안 놓쳤던 많은 것들이 보인다. 그래서 더욱 아프다.

꼬박 한 자리에 앉아 『시』를 다 읽었다. 각본은 물론 감독이 그림으로 그려 놓은 작가 노트와 인터뷰까지 꼼꼼히 읽었다. 이 영화를 찍을 때 이미 배우 윤정희에게는 가벼운 치매가 시작됐다고 했다. 그리고 윤정희의 본명이 미자라는 사실도 이때 알았다는 인터뷰도 있었다.

책을 덮고 표지를 다시 들여다보았다. 바위 위에 비스듬히 걸터앉은 작은 노인. 시를 찾고 있는 윤정희, 아니 미자다. 다시 보니 이미 삶의 고통과 무게를 알아 버린 사람의 얼굴이다. 그런 사람에게 시는 무엇이었을까. 무엇이 그토록 시를 쓰고 싶게 만들었을까. 자꾸만 각본 속의 미자가 배우 윤정희와 겹쳐 보였다.

문화원의 시 쓰기 수업 마지막 날 시를 써서 내놓은 사람은 수강생 중 미자뿐이었다. 〈아녜스를 위한 노래〉라는 한 편의 시를 김 시인의 탁자에 놓아두고 결국 미자는 나타나지 않는다.

각본집을 다 읽은 지금도 영화를 볼지 말지를 결정하지 못했다. 영화를 보지 않아도 미자의 말투며 눈웃음이 어떨지 눈에 환하다. 세차게 쏟아지는 비를 매 맞듯 고스란히 맞고 서 있는 장면에서 늙은 미자는 손자 대신 속죄의 눈물이라도 흘렸던 것일까. 그리고 미자는 어디로 갔을까. 세상을 버린 열여섯 소녀 희진을 위한 시 한 편만을 남겨 두고.

책을 덮고 잠시 시에 대해 생각한다. 그리고 미자의 인생에 '시'는 '그토록' 무엇이었을까 따져본다. 가을이다. 어느새 바람결이 서늘하다.

* * *

이 글을 쓰고 시간이 한참 지났다. 얼마 전 배우 윤정희의 부고를 기사로 접했다. 그녀의 마지막은 남편과 딸과 함께 평안했다고 한다. 명복을 빈다.

중년이라는 축복

언제부턴가 빗질을 잘 하지 않는다. 머리를 감고 나서 드라이기로 말린 후 손으로 몇 번 쓱 만지고 만다.

생각해 보면 전에는 용도가 각기 다른 빗을 사두고 머리칼을 빗곤 했다. 주로 긴 머리를 했었기에 브러시를 자주 사용했고, 어쩌다 파마를 하게 되면 웨이브가 풀리지 않도록 빗살이 성긴 도끼빗을 썼다. 또 앞머리를 둥글게 마는 드라이빗도 있었다.

그 빗들은 여전히 집에 있지만 잘 쓰지 않게 됐다. 나이와 함께 머리칼 길이도 점점 짧아지고 스타일보다는 흰머리 염색에 애쓰다 보니 파마를 안 한 지도 오래됐기 때문이다. 그런데 힘없이 나풀거리는 흰머리칼이 얼굴을 간지럽힐 때

나 생각이 복잡해 마음이 심란할 때면 나도 모르게 빗을 찾아 머리를 빗고 있는 나를 발견한다. 브러시를 들고 머리칼을 쓸어 넘기듯 빗다 보면 마음이 조금은 개운해지는 느낌이 들곤 한다.

나는 지금 오십 대의 단발머리를 한 아줌마다. 나이가 조금 더 들면 우리나라 할머니들의 전매특허 머리인 브로콜리 파마를 하게 될지 사실 조금 궁금하다. 절대 그 머리는 하지 않겠다 마음먹고 있지만 세상일은 뜻대로 되지 않기에 자신할 수는 없다. 그 나이가 됐을 때 어떤 이유로 그 스타일이 좋아질지도 모를 일이기 때문이다.

예전에 몇 사람이 모여 『논어』 공부를 한 적이 있다. 나와 비슷한 또래의 아줌마들이었다. 공부가 끝나면 가끔 저녁을 먹고 헤어지고는 했는데, 어느 날 밥을 먹다가 한 사람이 물었다.

"나이 들어 긴 머리 스타일 어떻게 생각해요? 난 좀 아닌 거 같은데."

나는 긴 머리를 하고 있어서 좀 뜨끔했다. 남의 머리 모양에 별 관심이 없었는데, 새삼 보니 다른 사람들은 단발이나 짧은 파마를 하고 있었다.

"얼마 전에 길에서 할머니를 봤는데 흰머리를 길게 길렀더라고요. 보기가 좀 싫었어요."

"맞아. 나이 들어 머리가 길면 별로지. 짧게 자르는 게 훨씬 단정해 보이죠. 염색도 염색이지만 나이 들어 머리 기르는 건 아니라고 봐."

긴 머리를 좋아해서 머리를 기르지는 않았다. 내 머리가 긴 이유는 미용실에 가기를 싫어하는 성격과 그래서 한 번 머리를 자르고 나면 거의 방치하는 게으름이 원인이었다. 긴 머리야 묶거나 고무줄로 고정해 올리면 그만이니 어찌 보면 편한 머리 모양이라고 생각하고 있었는데, 나이와 어울리는 머리 모양을 정해 놓은 사람들 입장에서는 사십 대에도 긴 머리를 한 내가 주책으로 보일 수 있겠구나 싶었다.

그렇다 해서 그 사람들 의견에 동의할 수는 없었다. 오히려 나는 나이에 상관없이 자기 스타일을 고수하는 사람이 멋있다고 생각하는 편이었다.

그 당시 한동안 장을 보러 다니던 한살림 매장에는 반백의 긴 머리를 단정히 땋아 묶은 아주머니가 있었다. 매장을 정리하고 계산을 하는 분이었는데 시원시원한 인상에 흐트러짐 없는 자세가 무척 당당해 보였다. 그때만 해도 나는 아직 흰머리가 별로 없던 젊은 시절이었는데 그분이 참 멋져 보였다. 한 번도 그분의 길고 흰 머리가 어색하다 생각하지 않았다.

그런데도 그날 나이와 머리 모양에 대해 얘기하는 사람들 틈에서 반박하는 의견을 말하지는 못했다. 그냥 묵묵히 밥이나 먹고 헤어졌는데, 요즘 들어 가끔 그때 생각이 나는 것이다.

아마 지금 같았으면 "획일적인 머리 모양은 우리 학창 시절로도 충분하지 않아요? 긴 머리 날리며 가는 할머니라니, 생각만 해도 개성 있고 멋진데요. 나도 그렇게 살고 싶네요." 라고 말했을 텐데 그러지 못해 좀 아쉽다.

비록 그때 말은 못했지만 머리가 길든, 브로콜리 모양으로 볶든, 남자처럼 커트를 치든 자기가 하고 싶은 대로 하고 사는 것이 옳다는 생각이다.

갱년기가 오면서 얼굴에 자주 열이 올랐다. 심리적인 변화는 차치하고 몸으로도 고통이 왔다. 시도 때도 없이 붉어지는 얼굴, 한겨울에도 목덜미를 흐르는 땀. 긴 머리 때문에 더 열이 오르는 것 같아 어느 날 머리를 짧은 단발로 잘랐다. 조금 살 것도 같았다.

나이 들어서 머리 길이가 짧아지는 이유 중 하나가 자신이 어쩌지 못하는 몸의 상태 때문일 수도 있다는 걸 아직 젊던 그때의 우리는 몰랐다. 다만 외적인 것만을 염두에 두고 얘기할 뿐이었다.

하지만 나이가 들어 보니 정작 머리 길이 문제보다도 더 고민되는 건 흰머리였다. 어찌어찌 염색으로 흰머리칼을 감추었지만 그 수가 점점 늘어날 뿐 아니라 염색한 지 일주만 지나도 뿌리가 하얗게 올라왔다. 더구나 가르마 주변으로 몰린 흰머리는 금방 눈에 띄었다. 염색을 자주 해 얼굴도 가렵고 두피도 아팠다.

더 이상은 염색에 시달리기 싫어 그냥 뒀더니 흰머리가 정수리를 덮었다. 그대로 전철을 타거나 밖에 나가면 사람들이 쳐다보곤 했다. 그런 일을 겪으면서 나도 나이 든 사람들을 주의 깊게 보게 됐다. 그런데 놀랍게도 백발인 사람이 드물었다. 특히 여자들은 더 그랬다.

다시 염색을 해야 하나 고민이 됐다. 염색하지 않고 자연스럽게 흰머리로 사는 것까지 선택과 고민의 문제가 될 것이라곤 예전엔 미처 생각하지 못했다.

젊었던 나는 늙은 사람들을 염두에 두지 않고 살았다. 그때는 그들이 눈에 보이지 않았던 것 같기도 하다. 하지만 지금의 나는 그 모두를 본다. 젊은이도, 중년의 사람도, 노년기의 사람도. 마치 과거와 현재와 미래를 보듯 하나하나가 예사롭지 않게 다가온다.

그건 아마 내가 중년의 나이가 됐기 때문일지도 모르겠다. 그리고 이미 살아온 시간과 살아내고 있는 시간, 그리고 살아갈 앞으로의 시간에 대해 좀 더 따뜻한 시선으로 바라보게 됐다는 의미이기도 하다. 그렇다면 중년의 나이란 어쩌면 축복일지도 모르겠다. 주변이 보이고 사람이 보이고 인생이 보이는 때, 그때가 된 것이다.

어쨌든 염색은 하지 않기로 했다. 일자리 면접은 떨어졌고 하던 일의 계약은 끝났으며 코로나로 불러 주는 데도 없으니, 그냥 자연스럽게 늙어 가기로 결정했다. 그래도 인생은 뭐, 별 탈 없이 흘러갈 것이다.

그림을 그리는 시간

초판 1쇄 인쇄 2023년 11월 1일
초판 1쇄 발행 2023년 11월 10일

지은이 이 윤
펴낸이 양학민

편 집 심종섭
디자인 다름

펴낸곳 파이어스톤
출판등록 2021년 7월 2일 제2021-000129호
주소 10388 경기도 고양시 일산서구 대산로 123, 현대프라자 3층 301-3D4
전화 031-911-6022 **팩스** 0508-927-0107
이메일 firestone.hit@gmail.com

ISBN 979-11-976797-3-5 03810